DAVID COOPER

Le sang des Gladiateurs

DAVID COOPER

Édition corrigée par Michèle

et REVUE PAR L'AUTEUR

Ce livre est une fiction adaptée d'un roman Kyrian Malone et Jamie Leigh. Les personnages et dialogues sont les produits de l'imagination des auteurs. Toute ressemblance avec des personnes existantes ou ayant existé ne saurait être que fortuite.

Préambule

Ce roman relate une histoire entre hommes et s'adresse à un public adulte. Certaines descriptions ou dialogues sont susceptibles de heurter la sensibilité des jeunes lecteurs.

« Les Ceasars sont les maîtres des citoyens et les esclaves des affranchis. »

— Tacite

Prologue

En 81 après Jésus-Christ, l'Imperator Caesar Domitianus Augustus, dit Domitien, succède à son frère Titus mort de façon prématurée. Il dément les accusations de ses ennemis le soupçonnant de l'avoir empoisonné et proclame être l'unique et seul Dieu de l'Empire qui s'étend dans toute l'Europe et par-delà les frontières connues.

En quête de gloire militaire, il durcit la politique extérieure du royaume et entreprend en 82 une campagne d'extension de l'Empire contre les populations germaniques et les Chattes dans les régions du Danube. Les Daces, peuple indo-européen, s'opposent à l'avancée de l'Empire sur toutes les côtés du Danube, des Carpates à la mer Noire.

La guerre dura sept ans et les deux camps optèrent pour une attitude conciliante afin de sauver l'honneur. Un traité de paix fut signé en 89. Décébale, chef des Daces fut proclamé roi, mais resta soumis à l'Empire et à l'Empereur Domitien.

* * *

La ville d'Aquilée était considérée comme une seconde Rome par ses richesses, son développement et sa splendeur. Auguste, premier Empereur de Rome, l'avait proclamée capitale de la dixième région d'Italie. Mais la ville d'Aquilée était avant tout célèbre dans l'Empire, grâce à son ludus renommé : le ludus de la maison Valerius qui réunissait les meilleurs gladiateurs, ceux adulés par le peuple, mais aussi par les hauts fonctionnaires de l'Empire.

Les plus grands ludi rivaux au ludus de Valerius étaient installés dans les provinces de l'Empire : Capoue, Ancyre, Thessalonique, Pergame ou Alexandrie, mais l'Empereur Domitien exigeait de ses gladiateurs qu'ils soient entraînés dans la maison Valerius ou, plus précisément, la maison de l'honorable Consul Quintus Sarrius Valerius. D'autres ludi étaient nés à Aquilée, deux maisons concurrentes qui offraient au ludus de Valerius des combattants de choix pour garder intacte la réputation du Champion d'Aquilée : Cyprus.

Debout sur la terrasse du premier étage donnant sur la grande cour d'entraînement du Ludus, Hadrien regardait les hommes de son père suinter, saigner sous les assauts de leurs alter ego. Il savait que la plupart de ces hommes étaient composés de volontaires, en quête de gloire, d'argent, mais nombreux étaient les esclaves qui n'avaient pas choisi de mourir. Les plus résistants pouvaient vivre jusqu'à trente ans, payer leur liberté ou la gagner dans l'arène, mais beaucoup mouraient deux ou trois jours après leur arrivée, affaiblis par les entraînements rigoureux. Tous ceux qui pénétraient dans l'enceinte de la maison renommée de Valerius savaient à quoi s'attendre. Au regard d'Hadrien, ces lieux étaient une prison déguisée, des catacombes où tous finiraient par mourir. Son illustre famille n'y voyait que profit, honneur et fortune, mais il n'était question que d'orgueil pour les maîtres autant que pour leurs esclaves.

— Je veux partir, fit Hadrien.

Ses mains posées sur le rebord épais du balcon, il regarda son père près de lui. Le Consul Quintus Sarrius Valerius ne quittait pas son éternel sourire face à ce spectacle dont il ne se lasserait jamais.

— Père ? Vous m'écoutez quand je vous parle ? l'interpella-t-il.

— Tout le monde n'entend que toi, dit-il d'un ton amusé.

— Ma place est à Rome !

Le Consul accorda enfin à son fils l'attention qu'il réclamait et le regarda :

— Tu ne pourras suivre le Cursus honorum. Ta jambe te fera échouer aux tests d'autant que tu n'as aucune formation militaire.

Hadrien avait déjà entendu ces reproches. Sa chute de cheval, quand il n'avait alors que sept ans, l'avait rendu infirme et boiteux de la jambe droite. Peut-être n'était-il pas aussi habile et rapide que tous ces hommes, mais la nature l'avait doté d'autres atouts indispensables pour devenir chef de guerre.

— C'est vous qui faites les lois, rappela Hadrien. Faites en sorte que je sois éligible et je vous montrerai de quoi je suis capable. Vous m'avez voulu éduqué et maintenant que je m'intéresse à la magistrature et à la guerre, vous ne souhaitez plus que j'apprenne. Cela n'a pas de sens. Je ne tiens pas à rester ici une année de plus au milieu de vos bêtes de foire. J'en ai assez d'entendre leurs cris, de voir leur sang couler et de respirer la poussière qu'ils soulèvent lors de leurs entraînements.

Les mains dans le dos, Sarrius reporta son regard sur la cour et notamment sur Cyprus, l'un des champions d'Aquilée.

— Tu as le temps de partir à Rome et tu rencontreras les meilleurs précepteurs de l'Empire. Mais avant tout, continue d'apprendre les enseignements d'Auxilius et il sera temps pour toi de te marier.

Hadrien croisa les bras :

— Je n'ai aucune envie de me marier.

Une femme avança aux côtés du Consul Valerius et répondit à cette objection :

— Tu feras ce que t'ordonne ton père, Hadrien.

Ce dernier lança un regard à sa mère, Flavia Valerius. Celle-ci avait toujours pris grand soin de veiller à lui inculquer les valeurs de Rome et voulait pour lui la meilleure des épouses.

— Quand partez-vous pour Rome ? demanda-t-il.

— Tu le sauras bien assez tôt, fit Flavia.

Hadrien s'agaçait. Il n'était pas de nature très patiente. Les portes de la cour s'ouvrirent à cet instant et le laniste Commidus ordonna à chaque homme de se reculer contre le haut mur d'enceinte.

Plusieurs chevaux entrèrent et Hadrien reconnut son frère Sextus Arius Valerius, en tête du cortège. Plus âgé que lui de quatre années, Arius ne cachait à personne ses penchants pour les jeunes garçons. Hadrien se souvenait très bien des jeux étranges que son frère avait tenté de lui imposer dans leur enfance.

Il entendit sa mère se ravir :

— Quelle merveilleuse surprise, Arius est enfin de retour !

Une joie qu'Hadrien ne partageait pas. Leur père avait nommé Arius légat, homme de loi de l'Empire, et lui avait commandé de rejoindre les régions du Danube pour combattre les Daces. Le traité de paix signé, Arius était donc de retour après deux années d'absence. Derrière lui, plusieurs hommes posèrent pied-à-terre. Deux esclaves de la maison Valerius refermèrent les portes de la grande cour et Arius annonça :

— Père, je vous ai ramené un présent qui vous ravira.

Il fit signe à deux de ses soldats d'amener son bien et Hadrien fronça les sourcils quand son regard se posa sur un homme d'une vingtaine d'années, un esclave aux cheveux mi-longs bruns, au visage souillé de terre et au regard qui croisa très vite le sien. Les traits de cet esclave ne lui indiquaient pas ses origines, mais à en croire sa tenue, ses haillons sales, déchirés, ainsi que ses blessures, Hadrien devinait les traitements que les hommes d'Arius avaient dû lui infliger.

— Qu'on le nettoie, fit Sarrius à son fils. Et qu'on me le monte que je le vois de plus près.

Hadrien rajusta sa toge couvrant ses épaules sur sa tunique et recula :

— Je vais en ville, fit-il à ses parents.

Sa mère le suivit des yeux.

— Sois de retour pour le dîner avec Arius. Sa présence est une bénédiction des Dieux et je compte sur toi pour le féliciter.

Hadrien ne répondit pas et traversa l'atrium, pièce centrale de la villa où se tenaient les réceptions avec les habitants fortunés d'Aquilée.

Flavia Valerius entra à son tour dans l'atrium et saisit le verre d'eau qu'une des esclaves lui apportait. Elle s'arrêta près du bassin qui trônait au milieu de la pièce, l'impluvium, rempli d'eau de pluie recueillie par le toit ouvert qui éclairait la pièce. Des gravures ornaient les murs, des bustes de marbre décoraient les lieux et les esclaves de la famille se hâtaient de préparer le buffet et de ramener le vin. Flavia regarda son époux :

— Je compte sur toi pour que notre fils ne reparte pas en

guerre.

— J'ai d'autres projets pour lui, fit Sarrius Valerius.

Arius arriva dans l'Atrium et vint prendre sa mère dans ses bras avant de constater le regard fier que son père lui portait.

— Père, mère, je suis heureux d'être enfin de retour et davantage de vous trouver ici. Je vous croyais à Rome !

— Je devais m'entretenir avec Commidus au sujet d'importants projets à Rome, répondit Sarrius.

— Des projets qui impliquent un laniste ? s'interrogea Arius.

— Des projets qui impliqueront la gloire de la maison Valerius. Notre Empereur fait construire quatre Ludi à Rome, à côté du Colisée, le ludus Magnus, le ludus Matutinus, le ludus Dacicus et le Ludus Gallicus. Les travaux seront bientôt terminés et il m'a prestement demandé d'envoyer notre laniste pour diriger le Ludus Gallicus. Mais si tu es de retour, je serai rassuré de te savoir à Rome pour représenter la maison Valerius. Qu'en penses-tu ?

Arius se tendit et Flavia constata son recul face à l'annonce de son époux.

— Je suis un légat, fit-il. Et vous voulez m'envoyer faire le travail d'un laniste ? N'ai-je donc pas rempli les honneurs que vous attendiez de moi contre les Daces ?

— Tu te méprends sur mes intentions, répondit Sarrius. Je ne t'envoie pas à Rome pour être laniste, mais pour faire valoir ta position, pour montrer ton retour et t'avoir à mes côtés au Sénat.

Ces précisions firent davantage sourire Arius dont l'ambition ne faiblissait pas au fil des années.

— Dans ce cas, je ne peux que me plier à ta volonté

Le nouvel esclave, ramené par Arius, se présenta dans la pièce, entouré par deux gardes en armure. Lavé, une simple étoffe sombre, un subligaculum, couvrait son bassin. Ses cheveux mi-longs lui arrivaient aux épaules, cachaient les contours de ses joues.

Arius se réjouit aussitôt et le présenta à son père en le désignant d'un geste du bras.

— Père, je vous présente ma dernière trouvaille, annonça-t-il fièrement. Je l'ai acheté sur un marché en Illyrie, sur la route du retour. Vous plaît-il ?

Sarrius examina l'esclave et Flavia s'en approcha et le contourna. Cet homme était bien formé et sa peau peu abîmée malgré quelques cicatrices.

— Il n'a pas grande valeur si tu t'en tiens aux marques sur sa peau.

— Je l'ai eu pour quelques deniers, mère. Mais il est résistant et jeune. Il pourra vous servir pour de longues années.

Flavia s'arrêta dans le dos de l'esclave et aperçut un dessin gravé au-dessus de ses fesses représentant une croix à l'intérieur d'un rond. Les traits épais, parallèles aux autres étaient de couleur bleu foncé.

— Quel est ce dessin étrange ?

— Un tatouage celte, expliqua Arius. D'après l'un de mes soldats, cet homme faisait partie d'une tribu calédonienne.

Flavia revint sur ses pas, se posta près de son époux en prenant son bras.

— Bien, il remplacera Eono. Quel est son nom ?

— Peu importe, répondit Arius. Appelez-le comme il vous conviendra.

Sarrius prit enfin la parole et s'adressa à l'esclave :

— Ôte ton subligaculum !

Arius attendit que l'esclave s'exécute, mais celui-ci n'en fit rien, son regard droit devant lui. Il répéta d'un ton plus sec :

— Ton maître t'ordonne de te déshabiller !

Flavia resta sceptique :

— Comprend-il seulement notre langue, Arius ?

— Il la comprend, mère, acquiesça-t-il.

Il regarda ses hommes :

— Déshabillez-le.

Les deux gardes s'avancèrent vers l'esclave, mais celui-ci se saisit d'un de leur glaive dans son fourreau avant de l'enfoncer dans le ventre du premier garde. Très vite, le deuxième brandit son arme dont la lame se heurta à celle de l'esclave dans un tintement de métal. L'esclave le repoussa d'un violent coup de pied, lui trancha la gorge sans tarder, mais sentit une lame se poser sur sa jugulaire. Une dizaine d'hommes l'encercla face à la mine ahurie et choquée de Flavia Valerius. L'esclave fut alors saisi et maîtrisé, mais Arius se posta devant lui, le regard noir :

— Tu vas payer pour ce que tu as fait.

Il brandit sa lame, prêt à l'exécuter, mais son père retint son bras. Sarrius n'avait pas manqué de constater l'agilité de cet homme ainsi que sa force.

— Attends, Arius. Nous avons peut-être sous-estimé la valeur de ton cadeau, dit-il.

Il regarda les hommes venus en renfort et leur ordonna :

— Descendez-le aux cellules !

Les gardes s'exécutèrent et Arius se tourna vers son père, l'air interdit :

— Cet homme mérite la mort, père. Pourquoi épargnez-vous sa vie après pareil affront ?

Sarrius esquissa un léger sourire.

— Les hommes qui savent se battre sont précieux. Nous verrons demain si cet esclave manie le glaive de façon aussi adroite face à nos champions.

Arius resta surpris par pareille suggestion. Il n'avait pas choisi cet homme pour devenir un gladiateur, mais un simple esclave.

— Maintenant, célébrons ton retour, reprit Sarrius et raconte-nous tes aventures.

*   *   *

La porte en fer de la cellule se referma derrière lui après avoir été jeté à l'intérieur par deux gardes. Le sol en terre battue sentait le sang, la transpiration et la mort comme les murs souillés par le temps. Deux grilles à barreaux de fer entouraient la cellule et lui laissait entrevoir un couloir sombre où des voix, des bruits et des pas lui parvenaient. Il n'avait rien de plus à faire qu'attendre, acculé tel un rat dans une cage, à la merci de ces maudits romains. Il ne savait dire à quel endroit il se trouvait, mais devinait qu'il y serait prisonnier jusqu'à sa mort. Pouvait-il au moins songer à une évasion ? Par la décoration de la pièce à l'étage, il avait constaté l'aisance de la famille romaine. Loin d'être dupe, il savait reconnaître la richesse. Les mains resserrées autour des barreaux, ses yeux tentaient vainement de trouver une issue. Les voix qu'il entendait appartenaient à des hommes et il se demandait ce que les Romains lui réservaient. Il n'avait pas faibli face à leurs coups, leurs agressions jusqu'ici et ne comptait pas leur offrir le plaisir de le voir désemparé et offert à eux. Il se réjouissait au moins d'avoir tué ces deux gardes à l'étage.

Il se recula de la grille quand il entendit des pas approcher et aperçut deux hommes vêtus comme lui d'un subligaculum. L'un était brun aux yeux sombres et l'autre, blond aux yeux bleus. Leur tenue révélait leur position d'esclave au même titre que la sienne. Son regard s'attarda un instant sur le blond qui le dévisageait tout en s'arrêtant devant la grille.

— Alors c'est toi que le légat a ramené ? fit l'esclave aux cheveux bruns.

Le concerné ne prit pas la peine de répondre, méfiant. Il préféra détailler l'allure du deuxième, observer sa silhouette. Il le vit arborer un petit sourire narquois avant de l'entendre à son tour.

— Tu as perdu ta langue ?

Ce dernier fronça les sourcils en remarquant un accent familier dans le son de cette voix.

— Ils lui ont peut-être arraché, plaisanta l'autre.

Le blond remarqua le regard insistant que le nouveau posait sur lui. À en croire sa musculature, il devinait qu'il serait, dès le lendemain, dans la cour d'entraînement. Il tira son ami par le bras.

— Viens… Nous verrons bien assez tôt s'il sait parler quand il suppliera qu'on l'achève.

L'esclave les vit s'éloigner sans avoir prononcé la moindre parole.

* * *

Les tables étaient dressées dans le Triclinium, salle à manger située à l'étage, à côté de l'Atrium. Pour célébrer le retour de son fils, Sarrius avait convié nombre de ses représentants à Aquilée. Magistrats et autres questeurs au service de Rome avaient donc pris place sur les banquettes en position semi-couchée. Des esclaves amenaient les plats. Hors-d'œuvre, entrées avaient précédé des rôtis de marcassin ou de veau bouilli. Le Triclinium s'était rapidement parfumé des bonnes senteurs de viandes de ce festin. Du Mulsum, ou vin miellé, emplissait les cratères où tous se servaient à l'aide de leurs coupes.

Assis près de Flavia, Sarrius Valerius se leva, tenant en main sa coupe de vin.

— Merci à tous de nous ravir de votre présence et de célébrer le retour de mon fils Arius. Il a servi Rome au péril de sa vie et les Dieux ont écouté nos prières en le ramenant sain et sauf à Aquilée.

Quelques applaudissements se firent entendre de la part des invités des Valerius.

— Arius a démontré son courage, reprit-il, sa bravoure en tant qu'ambassadeur du Sénat. Il a su mener nos légions à la victoire et à la paix avec les Daces. C'est pour cette raison que je lui lègue aujourd'hui le Ludus Valerius qui a formé les plus grands gladiateurs de Rome.

Flavia sourit de voir l'accueil de cette nouvelle de la part de leurs convives. La gloire qui revenait à son fils Arius était entièrement méritée et ce festin lui rendait honneur. Cependant, autre chose serait bientôt annoncé et Flavia s'en réjouissait déjà.

Assis près de son père, Hadrien n'écoutait que d'une oreille et profitait du festin qui s'offrait à lui. Il appréciait particulièrement le Mulsum et son goût sucré de miel qui s'accordait avec les tétines de truies servies en entrée.

— Mon épouse et moi-même avons la chance d'avoir un fils de valeur, non seulement pour Aquilée, mais pour Rome, reprit Sarrius. Et la bénédiction des Dieux ne s'arrête pas là puisque j'ai une importante nouvelle à partager avec vous.

Il regarda ses convives.

— Je suis heureux et fier de vous annoncer que Clodia, la fille de Trajan, commandant des trois armées de Germanie, épousera notre fils Hadrien dès son retour à Rome.

Ce dernier manqua d'avaler de travers sur cette annonce qui le figea. Il regarda son père en entendant les applaudissements des invités qui lui souriaient et le détaillaient. Près de lui, Flavia lui dit tout bas :

— Lève-toi, voyons, et dis quelque chose !

Hadrien, pris au dépourvu, regarda son père qui lui fit signe d'obéir à sa mère. Près de lui, Arius avait froncé les sourcils, n'accueillant pas cette nouvelle comme il aurait dû. Était-ce de la jalousie ? Flavia n'en était pas sûre en constatant la réaction de son aîné.

Hadrien se leva, dérangé par cette idée. Il mesurait qu'épouser la fille du commandant Trajan, choyé de la plèbe, rendrait honneur au nom de Valerius, mais il ne la connaissait même pas. Le silence revint, tous les regards braqués sur lui.

— C'est...

Il ne savait que dire malgré ses talents d'orateur. Son père attendait de lui un discours reconnaissant, mais il n'était pas homme à savoir mentir. Il tenta un sourire et s'efforça de prendre du recul :

— C'est une surprise qui me laisse sans voix comme vous pouvez le constater, dit-il.

Quelques rires se firent entendre parmi les invités et Hadrien regarda son père à l'origine de cette alliance arrangée.

— Et c'est un honneur, poursuivit-il, dont j'espère être à la hauteur.

— Tu le seras sans aucun doute, fit Flavia.

Sarrius leva son verre :

— À Hadrien... Que Venus bénisse cette union et notre famille !

Les invités l'imitèrent et le repas se poursuivit dans quelques félicitations adressées à Hadrien. Ce dernier ne manquait pas de voir tous les sourires, tous les regards qui se tournaient vers lui. Époux de la fille de Trajan, il serait propulsé dans les hautes sphères de Rome et commençait à réfléchir au futur que lui refusait son père. Il mesurait l'intérêt soudain qu'il prenait face aux amis et proches de la famille Valerius. Il se leva en regardant sa mère.

— Je me retire si vous n'y voyez pas d'inconvénient.

— Tu vas manquer le spectacle. Ton père va présenter Carros et Syllus en combat de divertissement.

Chose qu'Hadrien détestait par-dessus tout.

— J'aurai bien d'autres occasions de les voir dans l'arène.

Il se leva et n'attendit aucune réponse de sa mère. Il traversa l'Atrium qui donnait sur toutes les pièces principales de l'étage et rejoignit sa chambre dont le balcon dominait la cour des gladiateurs. La nuit était tombée sur le Ludus et seule la lune haute éclairait le sable souillé du sang des combattants. Hadrien s'appuya au muret, son regard dans le vide. Il avait pressenti qu'une telle annonce serait faite. La joie non dissimulée de son père durant ces derniers jours avait donc caché ce mariage arrangé. Comment osait-il le soumettre à pareilles obligations après lui avoir promis toutes ces années qu'il épouserait la femme dont il tomberait amoureux ? Certes, aucune femme ne trouvait grâce à ses yeux et l'occasion ne s'était pas encore présentée, mais Hadrien savait qu'il n'aimerait jamais Clodia, beaucoup plus âgée que lui.

Il sentit une main se poser sur son épaule et sursauta avant de voir son frère se tenir près de lui.

— Tu es encore plus beau que dans mes souvenirs, cher frère.

Hadrien sentit ses doigts effleurer sa joue et recula son visage.

— Ne commence pas, Arius.

— Quand je suis parti, tu n'étais encore qu'un enfant et que vois-je à mon retour ? Un homme dont la beauté ferait faiblir certains Empereurs.

Hadrien rajusta sa toge sur son épaule, son regard droit devant lui. Il répondit à son frère :

— Aurais-tu manqué l'annonce de notre père au sujet du mariage ?

— Je n'approuve guère cette union, mais tu ne trouveras d'épouse plus puissante et j'aurai une place de choix au Sénat.

Hadrien retourna dans sa chambre :

— C'est donc cela, n'est-ce pas ? Tout n'est qu'une question de gloire pour père et toi-même.

— Ne sois pas si vindicatif, fit Arius en le suivant dans la pièce. Tu voulais vivre à Rome, tu y seras aux premières loges et tous les hommes du pays t'envieront.

Le regard prédateur, il se posta dans le dos d'Hadrien, pencha son visage et sa joue frôla ses cheveux blonds. Les parfums particuliers de son frère n'avaient guère changé, un brin sucrés, toujours aussi attirants.

— Et je serai jaloux de cette femme à qui les Dieux semblent sourire.

Hadrien détestait entendre de tels mots dans la bouche d'Arius. Son amour à son égard s'était fait beaucoup trop incestueux au fil des années. Il se dégagea de son étreinte.

— Laisse-moi, je suis épuisé et j'ai besoin de dormir.

Arius tourna Hadrien face à lui, le détailla de son regard bleu, mais ne recula pas. La beauté de son frère était effectivement inégalable. Ses traits fins, parfaitement dessinés malgré son âge adulte, lui rappelaient leurs jeux détournés quand ils étaient enfants. Ses cheveux naturellement blonds, son regard émeraude rendaient avides toutes les femmes d'Aquilée qui espéraient ses faveurs. Sa peau éclatante brillait sous les lueurs des bougies et son teint rosé rendait grâce à Apollon, Dieu de la beauté. Tout en profitant de cet instant volé, Arius demanda :

— Y'a-t-il eu une femme dans ta vie pendant mon absence ?

— Cela ne te regarde pas, répondit Hadrien.

Arius ne put réfréner un sourire sur cette réponse sous-entendant un "non". Jamais, pas une fois, Arius n'avait vu son frère en compagnie de belles demoiselles. Si Arius était conscient du rejet total de ses passe-temps avec les jeunes garçons, il n'en demeurait pas moins qu'Hadrien devait lui aussi préférer la compagnie des hommes sans oser se l'avouer. Mais le temps n'était pas encore venu d'en parler. Alors Arius se pencha à sa joue, y posa un léger baiser et se recula.

— Dors bien, très cher frère.

Il tourna les talons et quitta la chambre d'Hadrien qui s'allongea sur son lit en priant pour qu'Arius trouve suffisamment d'occupations qui l'éloigneraient de ses honteuses obsessions.

* * *

Le soleil se levait sur Aquilée et les températures matinales étaient douces. Sous les arcades du ludus, dans le quartier des gladiateurs, les hommes étaient réunis pour le repas du matin. Deux esclaves servaient les gamelles en bois des gladiateurs qui passaient un à un devant eux avant de prendre place autour des tables.

Accompagné de Syllus, Cairneth alla s'asseoir à celle de Cyprus, champion d'Aquilée qui brillait par sa force, son agilité et aussi sa gentillesse. Cyprus était un ancien esclave ramené des provinces de Chypres et tous savaient ici qu'il était en mesure d'acheter sa liberté. Cyprus restait malgré tout au ludus Valerius et personne n'en savait les raisons.

— Nous avons vu une nouvelle recrue dans la cellule d'isolement, lança Syllus qui capta l'attention des hommes assis autour de la table.

— Un Romain ? demanda Scaro, un des quelques gladiateurs volontaires.

— Non, et il est déjà blessé, répondit Cairneth.

— Alors il ne tiendra pas, reprit Syllus en mâchant sa bouchée de céréales bouillies.

Scaro esquissa un petit sourire, l'air moqueur.

— Je parie dix sesterces qu'il passe l'entraînement et qu'il se joint à nous.

Cyprus rit un instant sur cette sympathique provocation et enchaîna :

— Tu n'as déjà plus d'argent. Attends de l'avoir vu avant de lancer tes paris.

Les deux gladiateurs se lancèrent un regard vainqueur **et** Scaro ne vacilla pas une seule seconde. Il recueillit le contenu de sa cuillère de bois et persista :

— Il n'y a pas de jeu sans risque. Et j'ai entendu dire qu'il avait déjà tué deux gardes.

Cairneth fronça les sourcils sur cette annonce :

— Et il est encore vivant ?

Un court silence retomba et les nouvelles recrues sortirent dans la cour les unes derrière les autres. Tous les gladiateurs posèrent leurs yeux sur les hommes qui furent alignés face au balcon de la villa et aux quartiers d'habitation des gladiateurs.

Scaro se leva et commenta :

— J'ai entendu dire qu'il était de chez toi, Cairneth. Arius l'aurait ramené d'Illyrie et il viendrait des contrées de

Britannia.

Le concerné se leva sur ces mots. Cet esclave n'avait pas l'allure d'un Celte. Ses cheveux n'étaient pas blonds comme les siens et son regard était sombre. Syllus le suivit vers les colonnes qui soutenaient la villa du domaine et les autres hommes s'approchèrent pour écouter ce qui suivrait, le discours du Doctor, Commidus, ancien gladiateur affranchi.

Ce dernier fit quelques pas sur le sable de la cour devant la ligne que formaient les nouvelles recrues. Chaque gladiateur présent[1] au Ludus Valerius avait passé cette étape des présentations dès leur arrivée. Elle ne changeait guère au fil des années, des mois ou des semaines, tout comme les tests qui précédaient leur intégration officielle. Vêtu d'une tunique serrée par une ceinture autour de la taille, un fouet à la main, son regard bleu perçant contrastait avec le noir de ses cheveux courts. Il imposait une autorité silencieuse que nul n'osait défier.

— Je suis Commidus, mais vous m'appellerez Doctor. Ici sera votre dernière demeure, celle qui fera de vous les hommes les plus redoutés et respectés de Rome si vous survivez aux deux jours qui vont suivre. Les plus faibles mourront ou seront revendus et ne mériteront pas le titre de gladiateur. Savez-vous ce que signifie être un gladiateur ? Bien sûr que non.

Commidus s'arrêta devant les esclaves alignés et esquissa un léger sourire arrogant.

— Ici, vous n'êtes rien, que des chiens sans âme ! La mort est votre seule issue, votre seule alliée. Bénissez-la, chérissez-la, embrassez-la parce qu'elle mettra fin à votre misérable vie ! Demandez-vous par quel moyen vous irez à sa rencontre. C'est le seul choix qui vous appartient désormais.

Commidus s'arrêta dans son discours et fronça les sourcils, les yeux posés sur le dernier venu parmi les six nouvelles recrues. Il le détailla un instant et suivit son regard[1] pour constater qu'il observait le fils du Consul sur le balcon.

— Toi ! l'interpella-t-il

Commidus s'approcha de lui, l'air dur, et lui saisit le menton pour le forcer à détourner les yeux d'Hadrien.

— Veux-tu mourir ? demanda-t-il sur un ton menaçant.

Les poignets enchaînés, l'esclave ne bougea pas, ne vacilla pas d'un pouce, le regard[2] sombre dans celui du Doctor. Il ne répondit pas, tandis que le silence régnait sur le Ludus. Le chant des oiseaux à l'extérieur des murs contrastait avec l'ambiance des lieux. Commidus resserra son emprise sur les joues de l'esclave, les yeux rivés aux siens et rajouta :

— Vas-tu répondre, misérable chien ? Baisse donc les yeux. Le sable est la seule chose que tu peux encore contempler !

Il le repoussa d'un geste brusque et recula d'un pas sans le quitter du regard[2].

— Voyons si les Dieux auront pitié de toi.

Commidus se recula davantage et fit signe à des gardes de détacher les liens des esclaves afin que ceux-ci débutent les tests.

Cairneth avait compris que le nouveau avait dévisagé leur maître, mais ce dernier ne s'était pas attardé sur le balcon. Il suivit les hommes sur le sable de la cour et se saisit de ses armes d'entraînement qui n'étaient autres qu'un glaive de bois et un bouclier. Il entendit Commidus :

— Cairneth ! Montre donc au Celte comment se battent les gladiateurs à Rome.

Cairneth obéit et se posta devant l'esclave qui n'était pas armé. Il hésita et regarda Commidus :

— Doctor ? Vous ne l'armez pas ?

— Non. Commencez !

Les autres ainsi que Syllus avaient formé un cercle autour des deux hommes. Les paris se faisaient entendre discrètement, mais Commidus ne disait rien, son regard braqué sur les deux combattants. Tels avaient été les ordres : châtier l'esclave celte qui avait tué deux des gardes de Sarrius Valerius.

Cairneth, sa chevelure dorée scintillante sous les rayons du soleil, marcha d'un pas lent autour de l'esclave et donna un premier assaut du glaive que son adversaire évita. Il pensa à un coup de chance et renouvela une seconde attaque. Son bras fut paré par celui du Celte. Il voulut l'assommer de son bouclier, mais son autre bras fut bloqué avant que le pied de son assaillant ne s'écrase sur son ventre et ne le fasse brutalement reculer puis chuter dos au sable. Des rires se firent entendre au milieu des encouragements destinés à

Cairneth qui se releva en arborant un petit sourire arrogant.

— Tu es Celte, il paraît... Et bien, sache que je le suis aussi...

Cairneth lança un assaut plus vif, plus précis, et son épée atteignit le flanc de l'esclave qui manqua de chuter. Il lui tourna autour et ajouta :

— Mon clan était celui du très redouté Abhainn.

Dans un énième assaut, Cairneth voulut viser le flanc droit de l'esclave, mais ce dernier crocheta son bras et le poussa violemment face contre terre. Cairneth se retrouva bras tendu en arrière et grimaça sous la douleur provoquée par cette position. Dans un vif mouvement, il se retourna et son autre bras frappa l'esclave au visage. Libéré de son emprise, il se releva et laissa son bouclier à terre, seulement armé de son glaive de bois. Ainsi, ses gestes seraient plus libres. Il repartit à l'attaque sans tarder, mais son bras armé fut tiré vers l'avant. Le coude de son assaillant percuta sa joue sans ménagement à deux reprises successives et rapides. Du sang s'écoula de ses lèvres sous leurs impacts. Le genou du Celte cogna son coude et le força à lâcher son glaive. Il se retrouva dos au sable, ralenti par la douleur des coups puissants de l'esclave. Celui-ci enveloppa sa main autour de sa gorge, un pied sur un bras, l'autre main sur le deuxième afin de le neutraliser.

La voix de Commidus retentit à cet instant :

— Arrêtez !

Cairneth se releva aussitôt, ses yeux sur l'esclave, dont la force l'étonnait.

— Scaro, Archelaos à votre tour, reprit Commidus.

Scaro afficha un air perplexe et incompréhensif et fixa Commidus :

— Doctor...

— Fais ce que je te dis !

Jamais, une nouvelle recrue n'avait eu à se battre contre deux gladiateurs de leur niveau en même temps. Scaro jeta un regard sur Cairneth qui revenait vers Syllus et Cyprus, hésitant. Armé d'un bouclier et d'un glaive de bois comme l'était Archelaos, un autre gladiateur, il avança devant l'esclave.

— Celui qui retiendra ses coups sera fouetté, prévint Commidus.

Scaro observa l'esclave devant lui, le vit transpirer après le combat contre Cairneth sous la chaleur qui commençait à grimper. Archelaos débuta l'assaut en obéissant au Doctor. Ils n'avaient guère le choix et ne voulaient risquer les cent coups de fouet capables de tuer un homme. La brutalité et la puissance de l'attaque témoignèrent de l'expérience des deux gladiateurs. Scaro et Archelaos faisaient partie des gladiateurs lourds, tel le mirmillon, généralement protégé par un long bouclier, le scutum du légionnaire. Leur carrure imposante leur permettait de supporter le poids de leur armement.

Pourtant, l'esclave évita leur glaive de bois dès leur premier assaut avec une agilité déconcertante. Il se baissa, esquiva la lame d'Archelaos, mais reçut la tranche de son bouclier en pleine mâchoire. Son visage fut détourné par le puissant coup et du sang s'écoula de sa bouche. Malgré cette touche, il réussit à écraser son pied contre le ventre d'Archelaos pour le repousser. Scaro poursuivit le combat sans attendre et frappa l'esclave au visage. Celui-ci recula de deux pas, la lèvre ouverte par les derniers assauts, mais fut capable d'esquiver le coup suivant avant de faucher les jambes de Scaro. Scaro chuta et la recrue lui vola son glaive, se rua sur Archelaos et enchaîna des passes en le faisant reculer vers le mur. Il évita le bouclier de son assaillant et infligea un crochet dans la joue du gladiateur qui chancela. Sans attendre, un autre s'ensuivit, puis un troisième avant qu'il ne tourne sur lui-même pour repousser Scaro dans son dos. Surpris, ce dernier recula et l'esclave lui grimpa littéralement dessus pour entourer ses cuisses autour de son cou et l'étrangler. Dans un mouvement vif et brusque, le Celte bascula en arrière et projeta Scaro à l'aide de ses jambes. Celui-ci se retrouva dos contre le sable. Le visage d'Archelaos se couvrait de sang après les coups répétés de l'esclave. Devant pareille scène déconcertante, Commidus stoppa le combat. Scaro se releva et tous les regards se tournèrent vers le Celte, certains déroutés, d'autres méfiants ou encore ahuris. Le silence régna un instant sur les personnes présentes dans la cour. L'esclave se tenait au milieu du cercle, seul, essoufflé par la violence des combats.

Debout sur le balcon, Hadrien était sorti et se tenait près de son père, interpellé par les cris et applaudissements des gladiateurs. Jamais pareille cohue ne s'était fait entendre sans que des coups de fouet ne résonnent. Il avait bien compris que l'esclave, arrivé la veille, avait reçu cette promotion particulière de descendre dans les cellules réservées aux combattants. Il n'avait pas voulu suivre le combat improvisé entre Cairneth et le nouveau, conscient que ce type d'introduction au ludus était destiné à humilier les esclaves, les diminuer pour leur rappeler qui étaient leurs maîtres. Cependant, l'engouement de tous les hommes l'avait fait revenir et Hadrien s'était figé de voir l'esclave affronter seul Scaro et Archelaos. Que ce dernier les ait battus relevait du miracle, voire de la bénédiction des Dieux. Jamais Hadrien n'avait constaté pareille agilité, pareilles souplesse et rapidité. Il n'était pas attiré par les jeux de l'arène et les combats sanglants qui s'y déroulaient, mais il en avait vu suffisamment pour juger de la valeur d'un gladiateur.

— Amenez-le-moi, ordonna Sarrius au Doctor.

Dans la cour, un esclave avait amené une étoffe humide à Cairneth qui s'était nettoyé le visage tâché de sang et de poussière. Il vit les gardes pousser le Celte vers les portes de la villa de leurs maîtres alors que Scaro et Archelaos se remettaient de cet affrontement. Personne ne s'était attendu à voir cet homme encore vivant après cela. Selon nombreuses rumeurs qui couraient depuis son arrivée, cet esclave avait été condamné. Sa prestation face à des gladiateurs d'expérience venait de repousser l'échéance de sa mort, mais qu'en serait-il dans l'arène, se disait Cairneth. Il savait que Scaro et Archelaos n'avaient pas donné le meilleur d'eux-mêmes, sans compter qu'un coup de glaive suffirait à le tuer lors d'un combat réel.

* * *

Dans le tablinum, bureau ouvert sur l'atrium, Sarrius venait de faire rédiger plusieurs parchemins qu'il tendit à l'un des esclaves auquel étaient confiées les tâches de correspondance.

— Porte ça au ludus Salvius et au ludus Calvientus.

— Oui, Dominus, répondit l'esclave obéissant.

Ce dernier s'éloigna alors que deux gardes se tenaient derrière le Celte dont le sang s'écoulait encore de la lèvre fendue sur sa tunique déjà tachée. Sarrius le détailla et lui tendit une coupe d'eau.

— As-tu soif ?

L'esclave jeta un œil sur la coupe que le Romain lui tendait. Il s'en saisit dans un bruit de cliquetis, les poignets enchaînés, et sentit le contenu avant de le boire d'un trait. La chaleur du soleil qui s'élevait dans le ciel ne cessait de grimper. Il reposa la coupe vide sur la grande table de bois au milieu de la pièce. Il avait bien sûr reconnu le Romain rencontré la veille, le père du légat, celui qui serait son maître. Cet homme ne manquait pas d'esclaves d'après ses constats. Beaucoup de femmes ou de jeunes hommes s'affairaient dans l'atrium, lavaient les sols, se chargeaient de la propreté des lieux. Il se demanda où se trouvait le jeune homme blond qu'il avait aperçu sur le balcon.

Devant lui, Sarrius l'avait davantage détaillé que la veille. Après que cet homme ait tué deux de ses gardes déjà remplacés, il avait voulu le voir à l'œuvre face aux gladiateurs du ludus. Il annonça :

— Demain auront lieu les jeux d'Aquilée. Sais-tu ce que sont ces jeux ?

L'esclave connaissait le plaisir que prenaient ces maudits romains à assister à leurs jeux. Il ne connaissait pas le déroulement exact de ces divertissements du fait qu'ils ne fissent pas partie de sa culture ni de ses coutumes. Il répondit d'un signe de tête négatif qui indiqua à Sarrius que leur nouvel esclave était donc muet.

— Le matin, des animaux ouvrent la chasse dans l'arène, expliqua Sarrius. Des fauves féroces venus des provinces du sud. À midi ont lieux les exécutions des condamnés, très divertissantes pour la foule. Et enfin, l'après-midi, s'affrontent les gladiateurs. Demain, tu seras dans l'arène et je te présenterai aux citoyens d'Aquilée. Ton nom sera Déimos, sais-tu qui il est ?

L'esclave avait écouté les explications du Romain vêtu d'une toge blanche aux bords pourpres. Il comprenait ce qu'il attendait de lui et devinait qu'il aurait à se battre encore contre des hommes ou des femmes, des gladiateurs. Pourquoi voulait-il lui donner ce nom ? Cet homme ne connaissait même pas le sien. Il répondit d'un autre signe de tête négatif et Sarrius n'eut pas le temps d'expliquer qu'Hadrien entra et expliqua :

— Déimos était le fils de Mars, dieu de la guerre, et de Venus, déesse de la beauté et de l'amour.

Hadrien regarda l'esclave qu'il avait vu combattre, peu étonné que son père décide de l'envoyer dans l'arène pour les jeux qui se dérouleraient le lendemain. Le choix de son nom n'était pas un hasard, pensait-il. Cet homme s'était battu comme seul un Dieu était capable de le faire et Hadrien constatait bien sa beauté sous la poussière et le sang sur son visage. Un esclave approcha avec un large plateau et Hadrien y récupéra une coupe d'eau fraîche qu'il tendit au Celte.

— Comment t'appelles-tu ? demanda-t-il d'un ton calme qui n'avait rien à voir avec celui de son père.

L'esclave avait posé ses yeux sur le jeune romain dès son arrivée dans la pièce. Il n'avait eu de cesse de le détailler dans sa toge de couleur orangée qui découvrait ses épaules et révélait que ce dernier n'était pas habitué au combat ou à la guerre. Le Romain dégageait une beauté à laquelle nul ne pouvait résister. L'esclave fut d'autant plus étonné par la bonté qui se lisait dans ses yeux émeraude. Il saisit la coupe et finit par répondre :

— Seylan.

— Tu sais donc parler, dit Sarrius qui se tenait près de son fils.

Hadrien ne connaissait pas les origines de ce prénom barbare, mais sa consonance était douce malgré la voix rauque et cassée du Celte. Sarrius reprit en le regardant :

— Quel que soit ton nom, tu t'appelleras désormais Déimos et en tant que gladiateur de la maison Valerius, tu devras obéissance à tes maîtres. Combats en notre nom, gagne les duels dans l'arène, gagne la foule et tu obtiendras non seulement des privilèges, mais aussi ta liberté.

Sur le mot « liberté », le Romain venait de capter toute

l'attention de Seylan. Si tout ce qu'il avait à faire était de se battre, alors il le ferait pour quitter ces chaînes et retrouver les siens. Il ne savait en quoi consistaient ces combats dans l'arène, mais ils ne devaient guère se différencier de ceux qu'il avait connus contre les légionnaires. Il but l'eau dans la coupe offerte par le jeune Romain, profita de se rafraîchir et la reposa sur la table avant d'essuyer ses lèvres du revers de sa main.

— Qu'il se change, ordonna Sarrius, et qu'il retourne dans la cour d'entraînement. Dites au Doctor de venir me voir.

Les deux gardes acquiescèrent et emmenèrent Seylan sous le regard d'Hadrien. Ce dernier regarda son père :

— Je vous rappelle qu'Arius voulait le faire tuer.

— Arius fera ce que je lui dis de faire.

Sarrius retourna s'asseoir et reprit à l'attention de son fils :

— Vas donc le chercher, j'ai à lui parler.

Hadrien marqua une courte pause, interrogateur, puis quitta finalement le tablinum. Il repensait irrémédiablement à ce Celte, à son regard et au son de sa voix. Même sans le connaître, Hadrien mesurait que son inquiétude pour les jeux ne s'était encore jamais portée sur un quelconque combattant du ludus Valerius.

Le Doctor Commidus entra à son tour dans le tablinum.

— Sarrius, vous m'avez demandé ?

Le concerné sourit et se releva.

— Commidus, oui. J'ai eu le plaisir de constater les capacités de notre nouvelle recrue.

— Je n'ai jamais vu pareille agilité. C'est un lion, répondit-il.

Sarrius sourit sur cette comparaison adaptée.

— En effet. Et il combattra dès demain, fit-il.

Mais Commidus fronça les sourcils.

— Avec tout le respect que je vous dois, Cairneth devait combattre demain.

Sarrius le savait et pour cette raison, il avait envoyé ses missives à l'attention des lanistes des ludus concurrents.

— Je veux qu'il combatte, il combattra. Je veux présenter Déimos aux citoyens d'Aquilée. Ils vont l'adorer et quand son nom sera acclamé, il sera temps de le faire connaître à Rome.

Commidus saisit un grain de raisin dans la coupe à fruits posée sur un meuble contre le mur. Même si Sarrius était le décideur, Commidus n'en demeurait pas moins hésitant.

— Il n'a jamais combattu dans une arène, avec de vraies armes. Il pourrait ne pas en ressortir vivant.

— Tu as toute la journée devant toi pour le tester et l'entraîner. Je compte sur toi pour lui trouver une tenue digne de la maison Valerius et digne du nom de Déimos.

Commidus était dérangé par l'engouement soudain de son maître pour l'esclave. Ce type de traitement de faveur provoquerait la colère des autres combattants. Le Celte n'avait pas encore fait ses preuves et Sarrius décidait de l'envoyer dans l'arène comme un vrai gladiateur à la place de leur meilleur combattant.

— Comme il vous plaira.

Commidus se retira et Arius arriva à son tour avec son frère.

— Père, Hadrien vient de me dire que vous comptiez envoyer le Celte dans l'arène !

— C'est exact, répondit Sarrius en récupérant une coupe de vin miellé.

Arius n'apprécia guère cette annonce. Il suivit son père vers l'Atrium et reprit :

— Vous devriez le traiter avec moins d'égard, je vous rappelle qu'il a tué deux de nos soldats. Il devrait être fouetté à mort et vous le récompensez en l'envoyant dans l'arène !

— Rien ne nous garantit qu'il en sortira vivant, fit-il en toute logique.

Une possibilité qu'Hadrien préférait ne pas envisager. Il regarda son frère et expliqua :

— Il a combattu contre Scaro et Archelaos.

Arius porta ses yeux sur Hadrien qu'il n'avait pas l'habitude d'entendre lors de conversations autour des gladiateurs. Il le détailla un instant, intrigué.

— Depuis quand portes-tu un quelconque intérêt aux gladiateurs ?

Hadrien fronça les sourcils sur cette question accusatrice. Il n'aimait guère le ton qu'employait son frère à son encontre. Leur père intervint :

— Cesser donc de vous quereller. Quand nous serons dans les loges demain, je veux que tu le présentes, Arius. Son nom sera Déimos.

* * *

Dans la cour d'entraînement et malgré le soleil haut dans le ciel, les esclaves prochainement sélectionnés pour devenir gladiateurs poursuivaient leurs exercices. Ils soulevaient des pierres lourdes de cinquante à cent kilos et les portaient d'un mur à un autre. Le fouet du Doctor résonnait parfois quand l'un faisait tomber sa pierre ou ne la posait pas comme exigé.

Sous les toits, à l'ombre, les autres déjeunaient en les regardant suinter, parfois tomber tant la chaleur devenait suffocante en cette saison. Assis près de Syllus, Cairneth jeta un œil sur le Celte assis à la table du fond.

— Sa place est avec eux. De quel droit mange-t-il et ne passe-t-il pas les tests ?

Cyprus devinait la colère de Cairneth qui ne participerait pas aux jeux le lendemain. Ce dernier avait fait ses preuves et un autre était envoyé à sa place. Il répondit tout de même :

— Il n'a pas faibli face à Scaro et Archelaos. C'est un droit suffisant. Jusque là, aucune recrue n'avait été accueillie avec un combat contre l'un des nôtres.

Scaro s'assit à la table, aux côtés de Cyprus et posa sa gamelle devant lui. Tous jetaient des regards curieux, intrigués ou méfiants sur le nouveau. Scaro esquissa un sourire moqueur à l'attention de Cairneth qu'il savait fulminer.

— S'il meurt demain dans l'arène, tu reprendras ta place de champion en second, après moi bien sûr.

Cairneth s'énerva :

— Je ne l'ai pas perdue ! C'est encore un esclave !

Cyprus, Scaro, Syllus et Azes, un gladiateur scythe, se mirent à rire sur la vive réaction de Cairneth. Scaro avait pour habitude de taquiner ceux qui lui en donnaient l'occasion et venait de le faire avec brio. Il reprit en mâchant sa bouchée :

— C'est un gladiateur, maintenant.

Azes répondit :

— Pas besoin d'être gladiateur pour te botter l'arrière-train.

Syllus et Cyprus rirent de bon cœur alors que Cairneth ruminait sa défaite face au Celte. Si cet esclave était de ses contrées, il lui apprendrait qui il était et ne le laisserait certainement pas lui prendre son titre. Cairneth était adulé par les foules d'Aquilée et il comptait bien gagner sa liberté dans l'arène de Rome.

Une fois le repas terminé, tous se levèrent et rejoignirent le centre de la cour sans prêter davantage d'attention aux esclaves. Proceus, le plus jeune serviteur du domaine Valerius, amena les épées et boucliers de bois à chaque combattant. Lors de ces entraînements, les nouveaux et anciens gladiateurs se mélangeaient pour combattre et les ordres de Commidus étaient simples : aucun traitement de faveur n'était accepté.

Commidus appela Proceus qui arriva. Il lui ordonna d'armer le Celte qui demeurait muet, ne disait rien à personne bien qu'il eût compris qu'il savait parler. Il s'adressa à l'un de ses meilleurs gladiateurs :

— Isaurius, approche.

Ce dernier s'exécuta :

— Doctor ?

— Tu vas montrer à Déimos que tu vaux mieux que Scaro et Archelaos.

— Bien, Doctor.

Plus loin, Cairneth avait entrepris ses premiers exercices avec Cyprus. Du coin de l'œil, il ne manquerait pas une miette de ce qui se déroulerait non loin d'eux. Isaurius fit face au Celte et, moins scrupuleux que ses frères d'armes, lança un premier assaut contre celui qui se ferait appeler Déimos. Ce dernier réussit à parer les attaques de son adversaire, plus violentes, plus agressives que celles d'Archelaos ou de Scaro. Il répondit aux assauts d'Isaurius, para quelques-uns de ses coups. Le gladiateur aux muscles saillants, lâchait son attaque sur lui, accélérait le rythme sans se soucier des lacunes de Déimos. Celui-ci fut percuté à deux reprises par le poing d'Isaurius. Il cracha le sang qui afflua subitement dans sa bouche, mais se reprit aussitôt avant de stopper le glaive à l'aide de son bouclier. Il recula de quelques pas, acculé par l'enchaînement d'Isaurius. Il resserra sa main autour de la poignée de son glaive, décidé à repousser son assaillant. De son arme, il bloqua celle d'Isaurius et son pied le repoussa avant qu'il ne reprenne l'assaut à son tour. Déterminé à lui faire mordre la poussière, il fit quelques passes successives, toucha son adversaire à deux reprises, mais ce dernier percuta de nouveau son visage avec son bouclier. Ce dernier coup, d'une rare violence le fit chanceler. Il perdit l'équilibre et se rattrapa sur les bras, ses mains dans le sable. Sonné, genoux à terre, il cracha tout le sang qui s'écoulait dans sa gorge. Isaurius lui infligea un coup de pied à l'abdomen qui le souleva du sol et le propulsa deux mètres plus loin. Le souffle coupé, dos au sable, il entendit la voix du Doctor :

— Ton flanc ! Garde ton bouclier en place !

Déimos referma la main autour de son glaive et se releva malgré la douleur créée par l'assaut d'Isaurius. Jamais ne se laisserait ainsi affaiblir ou humilier par un Romain. Il reporta son regard sur son adversaire et repartit à l'attaque sans dire un mot. Isaurius para quelques-uns de ses coups, mais recula devant la détermination flagrante de l'esclave. Il repoussa son glaive à l'aide de son bouclier et percuta son flanc laissé à découvert. Cette touche le força à casser son attaque.

Déimos chancela de nouveau et sentit le coude d'Isaurius s'écraser contre sa mâchoire. Une fois de plus, sa puissance le déséquilibra et le deuxième impact qui s'ensuivit le fit chuter de nouveau. Sa vue se brouilla et il toussa pour évacuer le sang qui revenait dans sa gorge. À terre, il aperçut la pointe du glaive de bois d'Isaurius au-dessus de sa gorge.

— Tends deux doigts si tu te rends, lui conseilla Isaurius.

Jamais Seylan ne s'abaisserait à cela. Ce geste équivalait à abdiquer et aucun des siens ne l'avait fait jusqu'alors. Il serra les dents, conscient d'avoir été vaincu, blessé et mis à terre. Le sang qui ne cessait de couler de son visage, les douleurs en étaient un témoignage évident. Il se redressa péniblement sur un coude et sa main empoigna la lame du glaive sans l'écarter de sa gorge.

— Plutôt mourir, fit-il d'une voix rauque avant de tousser de nouveau.

Depuis le balcon de sa chambre, Hadrien avait assisté à cet affrontement inégal. Isaurius était le gladiateur le plus lourd et le plus fort après Cyprus et forcer Seylan à l'affronter sans avoir eu un réel entraînement au préalable était injuste. Telles étaient les règles dans la cour d'entraînement : Commidus décidait des affrontements et de leurs fins, quitte à mettre à mort les gladiateurs par simple orgueil. Il vit Isaurius se reculer sur l'ordre de Commidus et le Celte se redressa avec difficulté suite aux coups qu'il avait pris.

Arius se posta près de son frère après avoir suivi l'affrontement depuis le balcon de l'Atrium.

— Je dois admettre qu'il a la valeur que père lui accorde.

Hadrien fronça les sourcils en regardant Arius.

— Il n'est pas prêt à rentrer dans l'arène.

Arius faisait tourner sa bague en or autour de son index et s'appuya à la rambarde du balcon tout en détaillant son frère. Il arbora un léger sourire amusé.

— C'est un petit animal. Il pourrait nous surprendre et au moins, nous sommes certains qu'il se battra jusqu'au bout.

Hadrien tourna son regard émeraude vers la cour, sur Commidus qui faisait face au Celte et lui donnait certainement des conseils. Il savait pourquoi il détestait tant les gladiateurs et leurs combats stupides. Une fois, une seule fois, Hadrien s'était attaché à l'un d'eux lors de sa onzième année, un Syrien du nom d'Antiochus qui mourut moins d'un an après son arrivée. Hadrien l'avait pleuré et pensait souvent à lui. Il était parfaitement conscient que tous ces guerriers risquaient leur vie dès l'instant où la foule les acclamait dans l'arène. Demain, Seylan y entrerait, serait présenté aux citoyens d'Aquilée comme la nouvelle recrue de la célèbre maison Valerius. Depuis Antiochus, Hadrien n'avait plus porté d'intérêt aux jeux, mais il savait qu'il prierait Jupiter pour que la vie de Seylan soit épargnée.

* * *

La foule était impatiente et l'arène s'était remplie depuis la matinée. Le soleil n'était plus à son zénith et les condamnés s'étaient fait exécuter de la main du célèbre Cyprus.

Dans les loges et au premier rang, Sarrius Valerius se tenait assis aux côtés de sa femme Flavia. Près d'eux, Arius dégustait une grappe de raisin et de l'autre côté, Hadrien revenait assister à un combat pour la première fois depuis des années. Son précepteur, Auxilius, se tenait debout, mains dans le dos, alors que la loge à côté de la leur accueillait les propriétaires du ludus Salvius. Le laniste de celui-ci, le très honorable Septimus Florus Galus, présenta son combattant à la foule :

— Vous vous souvenez tous de ses combats légendaires lors de la bataille de Germania. Il est le vainqueur des jeux de Capoue depuis plus de trois ans, accueillez le grand Arminius !

Un soulèvement d'applaudissements et d'acclamations retentit depuis les niveaux de l'arène où se trouvaient les citoyens et la plèbe. Le Gladiateur arriva au centre de l'arène, leva son épée en signe de victoire prochaine afin d'attiser l'excitation de son public.

Dans la loge luxueuse du Consul Valerius, Arius se leva et attendit que le calme revienne avant d'annoncer à son tour :

— Pour célébrer la victoire de Rome sur les plaines de Dacie et honorer sa grandeur, nous allons vous offrir un spectacle qui n'a jamais été présenté au Colisée.

Cette annonce provoqua bien sûr quelques réactions de la foule et Arius poursuivit :

— Tout droit venu des montagnes de Calédonia et né au milieu des barbares des contrées sauvages les plus reculées de l'Empire, accueillez Déimos, l'esclave de la maison

Valérius !

* * *

Debout devant la grande grille de fer, un bouclier au bras, un glaive à la main, Seylan avait entendu la présentation faite par le fils du Consul. Il avait été prévenu du déroulement du combat, qu'il aurait à affronter Arminius, un Germain. Commidus lui avait aussi expliqué les règles de la gladiature, la décision que prendrait le munéraire, l'organisateur des jeux, et le public à la fin. Un des deux mourrait et Seylan n'envisageait pas de perdre ce combat et la vie aussi rapidement. Derrière lui, Commidus reprit à son attention :

— Garde ton bouclier levé, protège ton flanc. N'oublie jamais ton flanc.

Il acquiesça d'un signe de tête, le regard rivé sur les grilles qui remontaient devant lui. Commidus ne cessait de lui rappeler cette faille qui l'avait fait tomber face à Isaurius la veille. Autour de son torse, par-dessus sa tunique, on avait serré une cuirasse de cuir épais et sombre. Une ocréa de cuir remontait jusqu'au genou et couvrait sa jambe droite ainsi qu'une manica de la même matière protégeait son bras armé de son glaive. Il tenait un casque de métal à la main qu'il devrait mettre pour le combat. Il n'appréciait guère de porter pareil équipement et préférait se battre nu ou très peu vêtu.

— Puissent les Dieux t'accompagner, rajouta Commidus.

Seylan n'avait que faire des Dieux Romains. Seuls les siens pourraient accompagner son glaive dans chacun de ses coups. Quand la grille fut assez élevée, il la franchit et avança dans l'arène. Aussitôt, ses yeux partirent sur les tribunes qui s'élevaient autour de l'ovale que formait la place couverte de sable. Les acclamations furent beaucoup moins nombreuses que pour le Germain, mais Seylan le comprenait puisqu'il n'était pour l'heure qu'un vulgaire esclave. Pourtant, il était impressionné par la grandeur de l'édifice, par son architecture et sa hauteur. Jamais il n'avait vu d'arène, de cirque ou d'amphithéâtre. Tout en marchant, ses yeux suivaient les tribunes remplies de personnes. L'horizon se dissimulait derrière ces hautes murailles. Tous les regards de ces gens inconnus, de ces Romains restaient rivés sur lui, impatients d'assister au combat qui suivrait, avides de sensations sanglantes. Si ces Romains voulaient voir le sang couler, ils ne seraient pas déçus. Ils connaîtraient la valeur d'un guerrier calédonien, comprendraient pour quelle raison ils terrifiaient leur armée de légionnaires. Arrivé près du gladiateur, Seylan lui jeta un bref regard et se tourna vers la loge du consul pour lever son glaive en guise de salut. Telle était l'une des règles que Commidus lui avait apprises. Et quand il posa ses yeux sur le fils du Consul, il se sentit plus déterminé que jamais. Ce dernier était peut-être venu jusqu'ici pour le voir se battre et son corps se réchauffait à cette idée. Il mit son casque sur la tête, resserra sa main autour de son glaive et se tourna vers l'autre gladiateur. Son cœur cognait un peu plus vite dans sa poitrine, l'excitation du combat se faisait sentir, grimpait en lui, circulait dans ses veines. L'homme devant lui avait une allure imposante. Plus grand, robuste, il arborait une carrure aussi impressionnante. Lui aussi armé d'un glaive, protégé par un long bouclier, le visage dissimulé sous son casque, il attendait l'ordre de commencer.

* * *

Depuis les loges, Hadrien s'était redressé sur l'entrée de Seylan. Commidus l'avait préparé à ce jour selon les ordres de son père et sa longue chevelure brune brillait sous les rayons brûlants du soleil. Arius donna l'ordre de débuter le combat et Hadrien se tendit en voyant le Germain lancer sa première attaque. Plus grand, plus costaud, plus imposant au milieu de l'arène, Hadrien mesurait l'inégalité de ce combat. L'issue risquait alors de ne pas être la même qu'au ludus, personne n'arrêterait les deux combattants jusqu'à ce que l'un d'eux ne tombe sur le sable de l'arène. Dès que l'un ou l'autre aurait pris le dessus, le public puis le Consul, son père, prendraient la décision finale d'accorder la vie au perdant.

Tendu, le regard tourné vers le centre de l'arène, Hadrien vit Seylan reculer tout en dressant son bouclier pour parer les assauts d'Arminius. Lui-même avait entendu parler de ce gladiateur de la maison Salvius. Dur, agile, il n'avait jamais perdu un seul combat même s'il n'avait pas affronté Cyprus. Il ne cessait ses assauts contre Seylan et quand ce dernier tomba dos à terre, un « oh » de déception se souleva dans l'arène. Le peuple ne souhaitait pas voir l'esclave déjà mis à mort, le combat ne faisait que commencer ! L'épée d'Arminius s'éleva, s'apprêta à s'abattre sur Déimos, mais en une roulade rapide, le Celte esquiva la lame et se redressa en ôtant son casque parasite qu'il jeta. Hadrien ne quittait pas des yeux les deux combattants tandis qu'Arminius repartait à l'attaque. Aux cris de la foule, Hadrien savait que le champion de la maison Salvius n'était pas entièrement soutenu. Les barbares tels que le Celte étaient rares dans leur région et de ce fait, précieux pour leur originalité.

Quand la pointe de l'épée d'Arminius atteignit la cuisse de Seylan, Hadrien se redressa sur son siège, ses mains fermées sur les accoudoirs. Son mouvement accompagnait les réactions du public.

— Le combat s'éternise, se moqua Arius qui dégustait maintenant une pomme.

— Il devrait passer à l'attaque, commenta son père.

Hadrien ne les écoutait que d'une oreille, en accord avec Sarrius. Pourquoi le Celte continuait-il de reculer ? Pourquoi ne brandissait-il pas son épée pour passer à l'offensive ? Savait-il seulement qu'il était dans l'arène pour tuer Arminius ?

Le bruit du fer s'éleva enfin quand la lame du glaive de Déimos heurta celle d'Arminius. Les réactions de la foule suivirent aussitôt dans des cris d'encouragement destinés à l'esclave devenu Gladiateur affrontant le champion de Capoue. Rien ne valait un combat inégal tournant à l'avantage du plus faible, disait souvent Arius. Pourtant, d'un coup de pied contre le bouclier de Déimos, Arminius lui fit perdre l'équilibre et celui-ci tomba à nouveau dos à terre. Hadrien se leva cette fois de son siège, ses sourcils froncés et son regard sur le Celte. Une nouvelle fois, Arminius brandit son arme, mais en un rien de temps, la lame de Seylan s'enfonça dans le flanc du Germain qui chancela.

La foule se leva, comme pour accompagner Déimos qui se redressait avec difficulté. Hadrien ne savait dire s'il devait avoir confiance en ce retournement de situation. Plus d'un gladiateur s'était fait avoir à la dernière seconde en pensant avoir vaincu son adversaire. Arminius se tenait debout, son bouclier à terre, sa main sur son flanc d'où le sang s'écoulait abondamment. Seylan amena la lame de son glaive sur le cou de celui-ci alors que la foule s'écriait « la mort, la mort, la mort ». Il regarda Arrius qui serait seul à décider du destin d'Arminius.

Ce dernier se leva et s'approcha du rebord du balcon, son regard fier sur sa nouvelle recrue.

— Tue-le, Déimos.

Telles étaient les règles et Hadrien le savait. Seylan devait obéir à l'ordre du Consul, au public. Lui, un esclave celte, venait d'humilier un valeureux gladiateur qui perdait non seulement son titre, mais aussi son honneur. Hadrien le vit brandir la lame de son glaive, mais tourna la tête pour ne pas assister à la mise à mort qu'il lui infligeait. Aux acclamations de la foule, Hadrien sut que le corps d'Arminius était désormais allongé sur le sable de l'arène. Il reporta son regard sur Seylan, acclamé par la foule scandant le nom de Déimos, et le vit partir vers les portes, sa jambe en sang qu'il semblait traîner avec douleur.

* * *

Dans la cour du ludus Valerius, les gladiateurs arrêtèrent leurs entraînements quand les portes s'ouvrirent. Soit le Celte les passerait allongé dans un chariot, recouvert d'un drap blanc, soit il les franchirait la tête haute.

Debout près de Syllus, Cairneth regarda les soldats ainsi que le légat entrer. Il savait que le chariot du Consul entrerait par les portes situées dans l'autre cour de la villa. Tous virent alors Seylan entrer et les gladiateurs l'applaudirent, conscients qu'il avait affronté Arminius, le Germain et champion des jeux de Capoue.

— J'ai du mal à le croire, lança Syllus. Il doit vraiment être le fils de Mars.

— Mars n'a rien à voir, accusa Cairneth. Et ses dieux ne sont pas les vôtres !

Le fouet du Doctor résonna pour rappeler les gladiateurs à l'ordre.

— Ça suffit ! Au travail !

Cairneth suivit des yeux Déimos et se demanda à quelle tribu il appartenait. Il le vit disparaître derrière la porte menant à la salle de soins de Medicus, une blessure à la jambe, loin d'être anodine.

* * *

Seylan but une coupe du breuvage donné par Medicus qui l'aiderait à supporter la douleur des soins lorsqu'il refermerait la plaie de sa cuisse. Seulement vêtu d'un subligaculum, étoffe de lin nouée autour des hanches, Seylan s'allongea sur une table de bois. La douleur provoquée par sa blessure disparaissait tandis qu'il songeait au fils du Consul. Celui-ci l'avait vu se battre aujourd'hui, avait assisté à sa victoire contre le Germain. Seylan ne pouvait cacher sa fierté et une satisfaction certaine à cette idée. À présent seul dans la pièce avec Medicus qui se chargeait de sa plaie, il pouvait se détendre. Malgré lui, malgré sa condition d'esclave, il pensait aux cris de la foule semblables au tonnerre, à l'écho entendu dans l'arène. L'adrénaline du combat, sa victoire sur le Germain suivie des acclamations soudaines avaient accru son excitation. Seylan admettait que ce type de sensations lui était plus qu'agréable. Il avait prouvé la valeur d'un guerrier calédonien à tous ces Romains arrogants et prétentieux. Il grimaça un peu tandis que Medicus cousait sa blessure.

Hadrien arriva à cet instant, suivi de Luria, son esclave attitrée au sein du domaine. Son regard se posa aussitôt sur le visage transpirant de Seylan dont la douleur provoquée par les soins de Medicus suintait sur ses traits. Hadrien s'approcha doucement et regarda Medicus avant de demander :

— Est-ce grave ?

Surpris par la présence du fils du Consul en ces lieux, le médecin des gladiateurs se recula, sa tâche terminée, et répondit :

— Non, Dominus. La blessure est profonde mais se refermera dans les prochains jours.

Seylan avait rouvert les yeux en entendant la voix du fils du Consul. Bien sûr, son regard bleu s'était rivé sur son beau visage où quelques mèches dorées tombaient sur son front. Seylan n'osa rien dire, conscient que ce dernier était aussi son Maître.

Hadrien hésita, mais regarda Medicus :

— Laisse-nous.

Il regarda son esclave :

— Toi aussi, Luria.

— Bien, Dominus, répondit celle-ci d'un signe respectueux de la tête.

Medicus sortit, accompagné de Luria, et Hadrien se retrouva seul avec le tant acclamé Déimos. Il s'approcha davantage, constata sa blessure recousue, nettoyée et releva les yeux sur le visage de Seylan. Ses traits portaient les marques de son affrontement face à Arminius et Hadrien constata ce même regard qu'il lui avait semblé apercevoir dans les prunelles bleues du Celte. Il savait avoir craint sa mort dans l'arène et, bien que sa place n'ait pas été dans les sous-sols de la villa ou dans les quartiers des gladiateurs, il y était venu discrètement pour prendre des nouvelles de Seylan. Il trouva le tissu posé près de la bassine d'eau, le prit délicatement, le rinça, l'essora et l'amena sur le visage du Celte couvert de poussières et de sang. Au passage du tissu, la peau de Seylan retrouva sa clarté.

— Tu as fait preuve d'un grand courage face à Arminius, dit-il enfin en brisant ce qui semblait être un lourd silence.

Sous les soins attentionnés du fils du Consul, le corps de Seylan se réchauffait et il en oubliait presque la douleur au niveau de sa cuisse. Malgré son statut de jeune maître, de Romain, ce dernier se montrait d'une rare bonté et d'une compassion étonnante à son égard. Se pouvait-il que les Romains soient capables d'éprouver de quelconques sentiments, de la compassion à l'égard de leurs esclaves ? Il se redressa et s'assit sur la table face à lui. Son regard n'avait pas quitté son visage au teint éclatant et rayonnant. Les parfums qu'il dégageait effaçaient les odeurs désagréables qui régnaient dans ces quartiers. Sans aucune hésitation, sa main trouva la sienne et put goûter à la douceur de sa peau intacte.

— Vous avez aimé ? demanda-t-il.

Hadrien reconnut le léger frisson qui le traversa sous le contact plus direct de la main du Celte.

— J'ai aimé te voir vaincre pour te savoir vivant, mais je n'aime guère les combats et le sang.

Seylan baissa les yeux sur la main propre aux doigts ornés de bagues qu'il tenait dans la sienne. Le fils du Consul confirmait son rang haut placé à travers ses mots, sa manière de parler, de se vêtir et de se tenir. Seylan se réjouissait de constater que le Romain n'écartait pas sa main de la sienne, ne repoussait pas son contact. Il aurait pu être châtié pour un tel geste, mais qui aurait pu le punir après avoir vaincu au nom de cette maison ?

De sa main libre, Hadrien ramena ses doigts vers le visage de Seylan et repoussa ses mèches sombres en suivant son geste des yeux. Jamais il n'avait vu pareille beauté émaner d'un homme.

— Mon père va te couvrir de présents pour te remercier de ta victoire et te montrer les avantages qui s'offriront à toi si tu gagnes d'autres combats.

Seylan releva ses yeux sur le Romain et fronça les sourcils, interrogateur. Pour lui, le seul présent serait sa liberté, mais il doutait fort qu'on la lui offre aussi vite.

— Quels présents ? demanda-t-il.

Hadrien esquissa un léger sourire sur cette question qui démontrait combien le Celte n'avait pas conscience de l'endroit où il se trouvait.

— Du vin, de la nourriture, des femmes si tu le désires, ou des hommes. Commidus ne t'a-t-il pas expliqué ce que signifiait être gladiateur pour la maison Valerius ?

— Je sais seulement que si je gagne, je recevrai ma solde et qu'un jour, je pourrai obtenir ma liberté.

Hadrien baissa son regard sur la main du Celte demeurant dans la sienne. Ses doigts étaient fins, ses ongles courts et sa peau meurtrie par les combats et le travail.

— Rares sont ceux qui l'obtiennent, dit-il avec regret.

Il releva son regard vert sur les traits fins et sauvages du Celte, conscient qu'il ne pouvait s'éterniser plus longtemps.

— Je dois partir et laisser Medicus terminer ses soins.

En sentant la main du Romain quitter la sienne, Seylan se redressa, toujours assis sur la table et demanda :

— Vous reverrai-je ?

Hadrien ne put réfréner un léger sourire à la seule idée que le

Celte désirait le revoir.

— Je l'espère, Seylan…

Le regard de Seylan s'illumina en entendant son nom prononcé par cette voix si calme et posée. Le Romain l'avait appelé par son vrai prénom et non par celui que son père lui avait donné. Il le vit quitter la pièce et soupira en silence. Cette visite avait été bien trop courte, mais il devinait qu'il était rare de voir le fils du Consul en ces lieux. Il mesurait néanmoins le privilège qu'il venait d'avoir. Cette rencontre à elle seule soignait toutes les plaies du monde. Medicus revint dans la pièce et il se rallongea pour se laisser soigner.

* * *

Quelques heures plus tard, ce furent les rires de célébration des gladiateurs qu'Hadrien entendit depuis sa chambre donnant sur la cour d'entraînement. Habillé de sa toge, il sortit sur le balcon et ne manqua pas de voir femmes et hommes entrer et sortir des baraquements ouverts pour l'occasion. Tels étaient les gratifications quand un des gladiateurs remportait un combat. Solidaire, il partageait sa récompense et offrait aux autres ce dont il avait le droit de profiter. Seylan avait rapidement compris les règles, l'attitude à adopter pour s'intégrer. Des gardes se tenaient de part et d'autre des entrées, veillant à ce que le vin et l'état d'ébriété de certains gladiateurs ne débordent pas sur des combats ou règlements de compte. Des femmes, habillées ou non, suivaient certains hommes à l'intérieur des quartiers et d'autres n'hésitaient pas à consommer les prostituées contre les murs ou sur les tables. Les orgies romaines n'étaient pas adoptées uniquement par les plus fortunés, bien au contraire.

Le regard d'Hadrien s'arrêta alors sur Seylan qui se tenait debout près de l'entrée, mais surtout près des torches qui éclairaient la cour. Comme la plupart des gladiateurs, le Celte n'était habillé que d'un tissu autour de ses hanches. Il aurait aimé lui parler, le faire venir, mais qu'auraient pensé les autres esclaves ou gladiateurs de voir le fils du Consul s'adresser à lui ?

— Des animaux, entendit Hadrien derrière lui en reconnaissant la voix d'Arius.

Il se tourna vers son frère qui s'approcha du balcon et ce dernier ajouta en regardant les hommes en contrebas :

— Ce n'est pas un spectacle digne de ton rang, cher frère.

Il poussa Hadrien à reculer et celui-ci fronça les sourcils.

— La débauche ou la mise à mort d'un homme n'ont pas grande différence, répliqua Hadrien.

Arius entraîna Hadrien dans la chambre et lui tendit un verre de vin miellé qu'il venait de faire porter par l'un des esclaves.

— Tu seras ravi d'apprendre que père quitte le domaine dès demain et retourne à Rome avec mère. Nous serons seuls, toi et moi, et j'aurai en charge la gestion du ludus.

Hadrien n'appréciait guère cette idée. Quand Arius était parti à la guerre et que ses parents résidaient à Rome pour le travail de son père au Sénat, il avait eu toute liberté au sein du domaine. La présence d'Arius serait donc une contrainte dont il se serait volontiers passé. Il but quelques gorgées de la coupe que son frère lui avait tendue et répondit :

— La place d'un légat n'est-elle pas à Rome ?

— Je n'aime pas te savoir seul à proximité de nos gladiateurs. Des soldats se sont déjà fait tuer et étant blessé, tu serais pour eux une proie facile. Puis Rome peut bien m'attendre, je viens à peine de revenir.

— Je l'ai été pendant deux ans, seul, rappela-t-il. Comment voudrais-tu qu'un de ces gladiateurs vienne jusqu'à moi ?

Arius esquissa un léger sourire, amusé par les répliques de son frère qui, parfois, jouait volontairement les ignorants ou les naïfs. Il but une gorgée de vin et jeta un œil à l'extérieur.

— N'as-tu donc pas senti leurs regards pleins de haine sur toi ? Tu es leur maître au même titre que père et moi.

Le seul regard qu'Hadrien avait senti et qui l'avait fait réagir était celui de Seylan. Les autres n'avaient jamais eu d'intérêt à ses yeux, si ce n'est l'intérêt que n'importe qui accordait à un chien battu. Ces hommes combattant pour l'honneur de la maison Valerius semblaient parfois ne pas se rendre compte de leur valeur éphémère aux yeux de son père ou d'Arius. La gloire ne durait qu'un temps, et après la gloire, la plupart mouraient dans l'arène ou sur les tables de Medicus. Hadrien s'allongea de moitié sur le lit, s'efforçant de faire abstraction des célébrations des gladiateurs.

— Peu m'importe, dit-il à son frère. Je suis peut-être boiteux, je ne suis pas imprudent et je sais me servir d'une épée.

Arius s'assit sur le bord du lit, près des pieds de son frère et y ramena sa main pour apprécier la texture de sa peau.

— Le manque de femmes fait tourner la tête de nombreux hommes. Peut-être même certains d'entre eux ont bien d'autres projets te concernant que celui de te tuer.

Il posa ses yeux sur la cheville d'Hadrien qu'il aima voir glisser entre ses doigts. Son frère était devenu un bel homme et il serait difficile d'échapper à sa beauté s'il restait au domaine.

— Mais je ne saurais les en blâmer, ajouta-t-il. Après tout, ils ne sont que des animaux.

Hadrien ne dit rien malgré les assauts incestueux d'Arius. Il n'appréciait guère ce genre d'attention, pas plus que ses mots ou la dispute qui suivraient s'il le rappelait à l'ordre. Il savait qu'il ne le laisserait jamais franchir certaines limites, songeait que son mariage prévu avec Clodia, la fille de Trajan, serait un argument majeur pour le repousser. Il lança d'ailleurs :

— N'était-il pas question que tu épouses la fille de l'ancien Sénateur ? Comment s'appelle-t-elle déjà ?

Arius soupira de lassitude sur ce rappel ennuyeux. Il se redressa, se leva et fit quelques pas jusqu'à une table installée sur le balcon. Il remplit sa coupe de vin et répondit :

— Cette chère Lucilia peut épouser qui elle souhaite tant que ce n'est pas moi. Tu sais que je n'ai d'attirance pour aucune femme que père me présente.

Hadrien baissa son regard sur le plateau de fruits que posait Luria devant lui. Il en sortit une fraise qu'il amena à ses lèvres en songeant bien malgré lui au goût que pourraient avoir celles de Seylan. Il soupira doucement et répondit à son frère :

— Aux dernières nouvelles, ce n'est pas toi qui décides.

Arius revint dans la chambre et répondit d'un ton plus sec :

— J'épouserai qui me conviendra.

Hadrien ne se gêna pas pour répondre à nouveau :

— Père a ses intérêts et se fiche bien de savoir où sont les tiens.

— Mon consentement est nécessaire.

— Comme le mien avec la fille de Trajan, rappela Hadrien.

— Tu ne peux refuser pareil mariage, lança Arius.

— Et si je ne l'aime pas ?

— Peu importe ! Tant qu'elle te donne un héritier, ton contrat sera rempli.

Hadrien détourna son regard de celui de son frère. Arius donnait des conseils ou des ordres que lui ne tenait pas. Mais au moins, cette petite discussion remettait les choses à leur place même si Hadrien estimait que sa place ne serait jamais dans le lit de la fille de Trajan. Ses pensées repartaient irrémédiablement vers Seylan. Avait-il trouvé une femme ou un homme pour assouvir son désir ? Sa douceur contrastant avec sa force de lion soufflait à Hadrien que seul un autre homme serait à même d'apaiser cette rage constatée dans le regard de Seylan.

Arius s'approcha, vint s'allonger près de lui et l'enlaça.

— Laisse-moi dormir avec toi cette nuit et je veillerai sur toi.

Hadrien préféra ne pas répondre. La tendresse d'Arius aurait pu le réconforter, mais il s'en savait dérangé. Une fois de plus, tant que les limites n'étaient pas dépassées, il accepterait sa compagnie.

* * *

Dans la cellule qu'on lui avait attribuée, Seylan se réveilla, assommé par les litres de vin ingurgités la veille. Jamais il n'aurait imaginé pareilles célébrations après un combat, une victoire. Le Consul l'avait convoqué la veille après les soins de Medicus et lui avait expliqué qu'il aurait droit à des récompenses, comme son fils le lui avait dit. Un champion pouvait obtenir certains privilèges au fil de ses victoires et les gladiateurs qui honoraient leur ludus lors de jeux bénéficiaient de divertissements. Il avait choisi d'en faire partager les autres qui avaient donc consommé vin et femmes. Il avait refusé la compagnie de l'une d'elles, peu intéressé par ses attributs et avait préféré laisser les prostituées aux autres gladiateurs. Il avait tout de même abusé du vin puisqu'il lui était aussi offert. La soirée de la veille avait duré jusqu'au milieu de la nuit et il avait pu se familiariser avec les lieux et ses habitants. Il repoussa ses cheveux en arrière, s'accouda sur ses cuisses et songea au fils du Consul. Les Dieux ne le favorisaient pas en lui créant pareilles émotions à l'égard du Romain. Un monde les séparait. Teutatès lui-même ne pourrait effacer leurs différences. Pourtant, même le vin ne le poussait pas à oublier son visage angélique. À peine réveillé, il songeait déjà à lui. Seul un étage, une épaisse couche de pierres, les séparait physiquement, une barrière infranchissable avec les nombreux gardes qui surveillaient leurs quartiers. La seule occasion qu'il aurait pour revoir le fils du Consul serait que celui-ci le demande ou le convoque. Scaro lui avait expliqué que parfois, certains Romains ou Romaines s'offraient secrètement du plaisir en compagnie de gladiateurs. Cela se faisait dans certains ludus. La maison Valerius avait parfois servi de lieu de rencontres entre une matrone et un gladiateur. Ces femmes fortunées payaient cher pour jouir dans les bras d'un champion. Scaro et Azes lui avaient appris quelques-unes de ces coutumes officieuses, que tout le monde taisait pour garder intactes la pureté et la grandeur du peuple romain. Cyprus avait été l'un de ces champions à goûter au corps de quelques riches matrones. En contrepartie, il avait reçu de l'argent et quelques faveurs octroyées par ces personnes haut placées. Seylan se leva et ouvrit la porte de la cellule pour longer le couloir éclairé par des torches et rejoindre la pièce ouverte où ses camarades mangeaient. Le calme des lieux révélait la fièvre qui avait envahi le ludus la nuit précédente. Les visages demeuraient endormis, fermés, épuisés par les abus d'ivresse sexuelle et d'alcool de la veille. Il récupéra une gamelle de bois, la fit remplir de gruau, une bouillie de céréales, et partit s'asseoir à une table. À l'extérieur, le soleil illuminait une partie de la cour, réchauffait la matinée. Seylan fut très vite rejoint par Scaro et Azes qui s'assirent face à lui.

— Alors ? Ta nuit a été bonne ? demanda Scaro. On ne t'a pas beaucoup vu.

Seylan appréciait le caractère égal et sympathique de Scaro. Il faisait abstraction de leur situation précaire en tant qu'esclaves et gladiateurs.

— Le vin a eu raison de moi, répondit-il.

— Tu ne t'es pas offert un peu de compagnie ? reprit Azes. Pourtant, tu avais l'embarras du choix.

— C'est vrai, enchaîna Scaro en souriant. Ces femmes étaient charmantes.

Seylan secoua la tête de manière négative. Scaro se montrait amical, mais il préférait ne pas rentrer dans les détails en matière de préférences sexuelles. Cyprus arriva à son tour et s'installa sans un mot près de Syllus. Le champion avait abusé des plaisirs du vin et de la chair, notamment avec plusieurs femmes dont les soupirs ne s'étaient pas faits discrets dans l'enceinte des quartiers des gladiateurs.

Scaro demanda alors :

— Cairneth n'est pas là ?

— Le maître l'a fait demander, répondit Syllus sans le regarder.

* * *

Arius se laissa tomber sur le dos, son sourire satisfait aux coins des lèvres. Son plaisir avait été complet et il pouvait dire que les gladiateurs n'étaient pas comparables à de quelconques Romains de haut rang. Cairneth était endurant et son corps ne portait aucun défaut. Il le vit se lever, s'habiller et s'accouda sur le côté en restant nu.

— Tu peux rester un moment, fit-il.

Mais Cairneth n'avait aucune envie de rester. Il préférait le sable aux cours d'entraînement que le lit de ce misérable Arius. Son départ à la guerre avait été une bénédiction et il avait prié Teutatès pour que le fils de Sarrius Valerius ne revienne jamais si ce n'est mort. Les Dieux en avaient décidé autrement et Cairneth devait donc se plier à la volonté de ses maîtres.

— Je dois m'entraîner, Dominus.

Arius s'approcha et ramena sa main le long du bras musclé du Celte aux cheveux d'or.

— J'ai réfléchi à ta place au milieu de ces animaux. Déimos deviendra certainement le prochain champion d'Aquilée. Tu pourrais venir nous servir dans la villa. Tu aurais de meilleurs soins que dans les quartiers des gladiateurs.

Ces seuls mots accentuèrent la colère de Cairneth. Il se tourna vers Arius, le regard plus sombre malgré la couleur bleue de ses yeux.

— Je suis et resterai un champion d'Aquilée.

Arius arbora un air surpris, mais amusé en constatant la vive réaction de Cairneth. Il ricana un instant et le détailla.

— Tu ne le seras pas éternellement, Cairneth.

Il marcha vers le lit et saisit une tunique qu'il enfila avant de nouer la ceinture de tissu autour de sa taille.

— Tu trouverais bien des avantages à servir notre famille en dehors de l'arène.

Il se tourna vers lui et reprit :

— Et tu as d'autres qualités que celle de te battre.

Cairneth préférait mourir dans l'arène plutôt qu'être utilisé par les Maîtres du Ludus comme objet sexuel. Il en allait de son honneur d'être gladiateur depuis bientôt trois ans.

— Si vous avez terminé, je demande l'autorisation de me retirer.

Arius se posta devant Cairneth. Sa beauté était différente de celle de son cher frère, plus sauvage, tel le petit animal qu'il était comme les autres.

— Va... Je te ferai appeler si besoin.

Cairneth serra les dents pour ne pas égorger ce maudit romain avec le couteau posé sur le plateau de fruits.

— Dominus, acquiesça-t-il avant de se reculer et de partir à travers l'Atrium.

Hadrien entra après avoir vu Cairneth sortir. Il savait que son frère profitait des gladiateurs à l'encontre de la volonté de leur père. Les esclaves masculins avaient été ses premières expériences sexuelles et après avoir fait l'armée, il avait trouvé plus excitant de soumettre à son désir des hommes capables de le tuer.

— Tu reprends tes mauvaises habitudes, Arius, lança-t-il.

Arius se servit une coupe d'eau et but quelques gorgées.

— Je ne trouve pas d'hommes à mon goût, tu le sais déjà.

Hadrien avança jusqu'au balcon. Depuis la chambre d'Arius, la vue était bien meilleure sur l'emplacement où s'entraînaient les gladiateurs. Hadrien n'y venait jamais en temps normal, mais après sa brève discussion avec Seylan la veille, il avait senti le besoin de le voir dès son réveil. Il se posta devant le muret et répondit à son frère :

— Les gladiateurs ne sont pas ces dépravés que tu ramènes dans ton lit quand tu pars à la guerre.

Arius plissa les yeux devant pareille remarque.

— Depuis quand emploies-tu un tel langage sous ce toit ?

Hadrien ne daigna pas le regarder. Connaissant Arius, il ferait en sorte de ramener Seylan dans son lit et cette seule idée le mettait déjà dans une colère noire. Depuis le balcon, il voyait le Celte près du Doctor esquisser différentes figures face au palus, le poteau de bois sur lequel tous les gladiateurs s'exerçaient. Il s'apprêtait à répondre, mais entendit son père :

— Hadrien a raison. Je t'ai déjà rappelé que nos gladiateurs servaient à nous représenter dans l'arène et non à tes propres plaisirs, Arius !

Sarrius rajusta sa toge blanche et rouge sur l'épaule et s'approcha d'Hadrien. Il reprit à l'attention de son fils vers lequel il tourna les yeux :

— Ils sont des combattants avant tout et tu n'es pas leur récompense après chaque victoire. Pense plutôt à trouver une femme à marier, il serait temps que tu perpétues notre nom. Qu'en est-il de Lucilia ?

Hadrien ne se mêlerait pas à cette conversation. Il tournait le dos à son père, à son frère, tandis que ce dernier tentait vainement d'avoir le dernier mot, d'expliquer que la réputation de sa promise valait celle des plus connues des courtisanes. Hadrien préférait garder son attention sur Seylan dont le regard croisait le sien quand Commidus ne s'adressait pas à lui. Son entrée avait été remarquable et remarquée alors que les nouvelles recrues terminaient leurs tests aujourd'hui. Ce soir, Seylan aurait sa cellule privée définitive, mais cela ne changerait rien pour Hadrien.

Sarrius s'approcha à sa hauteur et demanda :

— Que regardes-tu depuis deux jours au lieu d'étudier avec Auxilius ?

Hadrien esquissa un léger sourire sur cette question. Son père remarquait tout et il était difficile de lui mentir.

— Le Celte.

Il regarda Sarrius et reprit :

— Je suis allé le voir après sa victoire contre Arminius. Je l'ai félicité.

Sarrius posa ses mains sur le muret donnant sur la cour et observa l'entraînement.

— Je me demande quelle extraordinaire qualité Déimos peut-il avoir pour aiguiser ton intérêt pour les gladiateurs.

Il tourna son visage vers lui, contempla la beauté captivante et apaisante de son fils qui répondit simplement :

— Il est différent.

Sarrius esquissa un léger sourire sur cette réponse directe et spontanée. Hadrien ne cherchait pas à tourner autour du pot ou à dévier une quelconque conversation comme le faisait son frère.

— Alors prions les Dieux pour qu'il reste en vie le plus longtemps possible. J'aurai de grands projets pour lui à Rome. Commidus et Arius y prendront part s'il ne meurt pas dans les prochains mois.

Hadrien fronça les sourcils à cette idée. Son père ne voyait à travers ces hommes que des distractions pour les citoyens et la plèbe. Il désapprouvait, mais Arius et lui n'avaient que faire de ses états d'âme. Quant à sa mère, celle-ci était bien trop occupée à s'assurer que son père ait sa place au Sénat quand sa mission de Consul arriverait à terme à la fin de l'année.

— Quand rentrez-vous de Rome ? demanda Hadrien.

Sarrius rit doucement sur cette question.

— Je ne suis pas parti que tu souhaites déjà mon retour, répondit Sarrius.

— Arius n'en fera qu'à sa tête en votre absence. Vous savez comment il se comporte.

— Et je sais que je peux compter sur toi pour le rappeler à l'ordre.

— Arius n'a que faire de mes conseils ou de mon avis et vous lui avez légué le ludus. Il a maintenant droit de vie ou de mort sur chaque esclave entre ces murs.

Sarrius esquissa un sourire attendri et admiratif face à son fils dont la sagesse n'avait d'égal que son humilité, celle-ci en tout point opposée au caractère prétentieux et arrogant de son aîné. Hadrien faisait preuve de tellement de bonté, de tempérance et de prudence parfois qu'il en oubliait son jeune âge.

— Ce ne sont pour l'instant que des mots, répondit-il. Rien n'a été signé, je reste maître sur mon domaine quoique ton frère en pense.

Hadrien croisa les bras dans l'espoir de calmer sa rancune envers Arius en regardant Seylan s'entraîner contre Scaro.

— N'y a-t-il aucune guerre où vous pourriez le renvoyer ? demanda-t-il en reportant son regard sur son père.

Sarrius se mit à rire sur cette question qui exprimait les exigences d'Hadrien. Il savait son fils exaspéré par le comportement parfois puéril de son frère. Malgré son éducation, son rang militaire, Arius se montrait souvent irréfléchi, imbu de sa personne et capricieux. La tempérance ne faisait pas partie de ses vertus. Il détourna les yeux sur l'objet, ou la personne, convoités par ceux d'Hadrien et garda un léger sourire aux lèvres.

— Il pourrait venir à Rome et tu resterais ici.

Ces mots capturèrent aussitôt l'attention d'Hadrien.

— Il pourrait ?

Sarrius n'était pas dupe et connaissait son fils mieux que personne.

— Il doit apprendre les rouages de la politique maintenant qu'il est revenu. Il n'a su prouver sa valeur en tant que militaire, mais excelle dans sa position de légat. Il pourrait rentrer au Sénat.

— Et bien, amenez-le avec vous ! s'emporta Hadrien.

— Tu es un rêveur, Hadrien, répondit Sarrius amusé.

Un esclave arriva et s'adressa à son maître :

— Dominus, votre voiture est prête.

Sarrius fit un signe de tête à l'homme qui repartit et regarda son fils :

— Je dois partir. Je reviendrai bientôt et tâcherai de faire venir Arius à Rome avant que tu nous rejoignes.

Ces mots rappelaient à Hadrien ses caprices récents et son désir de venir enfin à Rome. Celui-ci s'était dissipé comme neige au soleil.

— Il n'y a pas d'urgence me concernant, dit-il.

Sarrius devinait parfaitement les raisons de ce changement de position.

— Nous en parlerons à mon retour, je dois y aller. Prends bien soin de toi et n'hésite pas à me prévenir si quoi que ce soit ne va pas.

Hadrien vit son père s'éloigner avec sa mère et reporta son regard sur la cour d'entraînement. Le soleil haut dans le ciel faisait suinter les corps à moitié dénudés des gladiateurs. Nombre de femmes de haut rang appréciaient ce spectacle se voulant viril, et de la même façon le regard d'Hadrien était captivé par Seylan. Ses formes, ses gestes, sa prestance lui rappelaient les nombreux contes que sa mère lui avait lus sur les fils des Dieux, dont le mythe d'Hercule. Il fronça les sourcils quand il aperçut l'un des esclaves s'adresser à Commidus qui ordonna à Seylan de le suivre. Seul Arius pouvait interrompre son entraînement et exigeait donc à le voir. Il sortit de la chambre, vit l'esclave et Seylan monter les marches menant à l'Atrium et entrer dans le tablinum de son père.

* * *

Arius avait pris possession des lieux. Son père en route pour Rome, il aurait le loisir de faire de ce ludus un endroit à son image. Il détailla Déimos, celui ayant terrassé Arminius le Germain et champion de Capoue.

— Je t'ai acheté pour une bouchée de pain et voilà que tu nous rapportes des fortunes, fit-il en le détaillant.

Seylan regardait le fils du Consul, celui qui l'avait effectivement acheté sur un marché en Illyrie pour cinq deniers. Il méprisait cet homme. Son impudence et sa prétention confirmaient tout ce qu'il avait entendu sur les ennemis de son peuple. Pourtant, il concédait à son père un certain charisme et se demandait comment Arius Valerius avait pu devenir aussi détestable.

Arius se leva et contourna le Celte qui se tenait droit, le regard face à lui.

— Demain auront lieu des jeux privés pour honorer la visite d'un général romain et un ami. Il amènera avec lui un homme que tu devras combattre.

Il revint face à l'esclave qu'il dévisagea. Sa beauté était indéniable, différente évidemment de celle pure de son frère, et Arius songeait alors au plaisir qu'il prendrait à coucher avec lui.

— Je compte sur toi pour te montrer digne de la maison Valerius.

Seylan ne bougeait pas, gardait son regard rivé droit devant lui, mais sentait la proximité du Romain. Ce dernier s'approchait bien trop près de lui à son goût. À travers le regard qu'il lui portait, il pouvait affirmer son envie de le soumettre à ses désirs. Ses muscles se tendaient à cette seule idée. Pourtant, il n'oubliait pas son rang en ces lieux, savait que même s'il repoussait facilement Arius, sa lâcheté le pousserait à appeler ses soldats. Il le ferait certainement exécuter ou torturer avant afin d'amuser ses troupes.

Arius baissa son regard sur la cuisse du Celte. La plaie n'était pas totalement fermée et un peu de sang tachait le bandage soigneusement enroulé par Medicus. Ses yeux envieux remontèrent doucement sur le tissu qui dissimulait le sexe de son esclave et traça les courbes de son ventre, de ses muscles, de ses pectoraux. Sans attendre la moindre autorisation, il releva sa main vers la peau suintante et ô combien excitante du Celte, mais entendit :

— Arius…

Ce dernier releva les yeux sur son frère qui entrait, l'interrompant dans ses luxurieuses découvertes.

— Qu'y a-t-il ?

Hadrien avait bien vu le regard prédateur qu'Arius portait sur Seylan. Il n'avait pu s'empêcher de l'interrompre, refusant qu'il lui fasse subir ses besoins primitifs en le soumettant à son appétit sexuel. Il ne put s'empêcher de regarder Seylan, croisa son regard doux, mais reporta le sien sur Arius pour répondre :

— Je dois aller en ville. Père m'a conseillé de me faire accompagner par Déimos.

— Il ne m'en a rien dit.

— Tu étais sans doute trop occupé avec Cairneth.

Hadrien regarda Luria, son esclave et ordonna :

— Qu'on change Déimos et préviens Commidus qu'il nous escorte.

— Bien, Dominus, répondit Luria qui s'éloigna avec Seylan.

Hadrien rajouta à l'attention d'Arius :

— N'oublie pas ce que père a dit. Les gladiateurs ne sont pas destinés à assouvir tes pulsions. Ils représentent la gloire du ludus Valerius et même si père est absent, je veillerai à ce que ses ordres soient respectés jusqu'à son retour.

Arius plissa les yeux en fixant son frère et lança :

— Tu es aussi ennuyeux que notre père !

Il piocha un grain de raisin et le ramena à ses lèvres avant de rajouter, moqueur :

— La sagesse incarnée... Tu devrais te divertir davantage. Les vertus ne sont bonnes que pour les vieillards du Sénat et non pour les hommes de ton rang, cher frère.

Il se saisit d'une pomme qu'il croqua sans attendre avant de terminer :

— Invite donc quelques-uns de tes amis demain, qu'ils ou elles se joignent à nous pour les festivités.

— J'y compte bien, fit Hadrien en s'éloignant.

L'ego de son frère finirait par le perdre, pensait Hadrien. Pourquoi ne trouvait-il pas un homme et un seul pour satisfaire ses plaisirs ? Il traversa l'Atrium, descendit au rez-de-chaussée où se trouvaient les quartiers des esclaves et les cuisines. Il rejoignit la salle des bains et s'arrêta à l'entrée quand son regard se posa sur Seylan totalement dénudé et lavé par Luria ainsi qu'une autre esclave. Les températures semblèrent alors grimper, plus élevées qu'en temps normal et le reflet dans son regard émeraude trahit son attirance envers le Celte. Ce dernier sortit du bain et Luria entoura un tissu autour de sa taille. Hadrien s'approcha d'un pas plus lent, moins certain alors qu'aucun maître ne perdait jamais sa contenance face à un esclave. Il expliqua, sans le quitter des yeux :

— Nous allons au marché et passerons voir une amie, la fille du Sénateur Gracchus.

Plusieurs esclaves revinrent de la boutique, pièce où se trouvaient différents vêtements portés par les esclaves ou personnel du ludus. Hadrien regarda les différentes tenues présentées et demanda finalement :

— Allez lui chercher ses vêtements de gladiature, sans l'armure.

— Dominus, acquiesça Luria en s'éloignant.

Seylan gardait ses yeux sur Hadrien sans savoir ce qui suivrait. Il gardait surtout en tête que le fils du Consul avait interrompu l'approche de son frère avant qu'il ne pose sa main de Romain sur lui. L'avait-il fait volontairement ? Il ne saurait répondre à cette question. Les Romains pouvaient être imprévisibles et fins manipulateurs. Seylan tentait de garder la tête froide devant le fils du Consul, mais n'y parvenait pas. Celui-ci dégageait un tel calme, une si grande beauté que ses rancœurs envers les Romains disparaissaient en sa présence. Cette sortie avec le maître faisait-elle aussi partie des attributions de gladiateur ?

— Vais-je devoir me battre ? demanda-t-il.

— Minerve nous en préserve, répondit Hadrien.

L'esclave revint avec la tenue de Déimos, sans l'armure, comme demandé par le Dominus Hadrien. Ce dernier se recula, mais son regard ne se détourna pas de Seylan quand le seul tissu destiné à le couvrir tomba. Hadrien perçut une douce fièvre revenir en contemplant les formes de Seylan. Les Dieux avaient été généreux à son égard. Son corps ne portait pas la moindre imperfection et les quelques cicatrices marquant sa peau semblaient être gravées sur lui pour accentuer sa beauté.

Luria attacha le subligaculum autour de ses hanches. Quand Seylan fut ainsi vêtu, les esclaves s'écartèrent et Hadrien osa s'approcher davantage, son regard vert sur la blessure de sa jambe qui ne semblait pas guérir. Il remonta ses yeux clairs dans ceux de Seylan et demanda :

71

— As-tu encore mal ?

Seylan s'était laissé faire, mais avait gardé son attention sur le fils du Consul. Dans sa toge de couleur bleu clair, le vert de ses prunelles brillait davantage.

— Non, répondit-il.

Hadrien ne se formalisait pas du fait que Seylan ne ponctue pas ses réponses par « Dominus ». Contrairement à son frère, il lui répondait et le regardait droit dans les yeux. Les siens se baissèrent sur la blessure, mais remontèrent sur la cicatrice épaisse qui marquait le bas de son ventre. Il osa y poser ses doigts et frôla la peau de Seylan.

— Qui t'a fait cela ? demanda-t-il dans un doux frisson.

Seylan venait de trembler au contact des doigts fins d'Hadrien. Ses muscles s'étaient tendus et ses poils hérissés aussi subitement qu'un vent froid et glacial pouvait le faire. Pourtant, cette sensation lui était plus qu'agréable et la température n'avait rien à voir avec celle de l'hiver. Son regard se posa sur la main d'Hadrien au niveau de son ventre et il répondit d'une voix plus éraillée :

— Un légionnaire.

Hadrien aurait fait fouetter ce dernier jusqu'à ce que mort s'ensuive pour avoir abîmé ce corps d'une beauté inégalable. Il demanda encore :

— Est-il mort ?

Seylan riva aussitôt ses yeux dans les siens pour en apprécier l'éclat. Les parfums du fils du Consul l'embaumaient tout entier.

— Je lui ai tranché la gorge, répondit-il. Il ne pourra plus blesser personne là où il est.

Hadrien esquissa un léger sourire sur cette réponse et observa Seylan d'un regard plus intense. Il ne résista pas à l'envie de poser ses doigts fins sur son visage ténébreux et traça sur sa peau veloutée une lente caresse qui accentua les réactions fiévreuses de son corps.

— Laissez-nous, ordonna-t-il aux autres esclaves qui quittèrent rapidement la salle des bains.

Hadrien souhaitait se retrouver seul avec Seylan, profiter d'un bref instant d'intimité. La lueur vive dans le regard du Celte lui indiquait la réciprocité de ce que lui-même ressentait. Mais Hadrien n'avait jamais perçu une telle attraction envers quiconque.

— J'ai entendu dire que nos soldats ne parvenaient pas à franchir les montagnes de Britannia. Que les tiens résistaient... Alors je me suis demandé comment et pourquoi un guerrier tel que toi s'était retrouvé esclave en Illyrie.

Seylan sentait son cœur taper plus fort et plus vite dans sa poitrine. La proximité du fils du Consul lui provoquait des réactions euphorisantes. Il avait cessé de respirer dès que les doigts d'Hadrien avaient glissé sur sa joue. De telles caresses le faisaient vaciller. Ces assauts divins avaient raison de lui et de la dureté naturelle qu'il arborait dans la cour d'entraînement. Bien sûr, il se laissait faire, appréciait pour une fois, son rôle d'esclave.

— J'ai été capturé... répondit-il, distrait par les attentions d'Hadrien. Amené en Britannia, puis vendu. Les lâches qui m'ont pris ont craint la colère de mon père et ont préféré se débarrasser de moi.

Hadrien suivit du regard sa lente découverte. Ses doigts s'arrêtèrent sur le menton fin de Seylan, sur la petite fossette qui le creusait à peine, un détail qu'il n'avait pas remarqué jusqu'alors. Les traits de Seylan semblaient être ceux d'un ange, doux, attirant, autant que sa bouche d'où sa voix rauque et basse se faisait entendre. Malgré toutes les délicieuses perceptions qu'il sentait, il demeura attentif aux réponses de Seylan. Ses yeux plus étincelants remontèrent dans les siens et il l'interrogea à nouveau :

— Puis-je savoir qui est ton père ?

Hadrien semblait avoir un pouvoir hypnotique sur Seylan qui demeurait immobile devant lui. Les doigts délicats du Romain sur sa peau, sur son visage, provoquaient d'autres frissons, le maintenaient dans un état presque second. Seylan avait une furieuse envie de goûter aux lèvres d'Hadrien. Il imaginait leur parfum, leur texture savoureuse. Il les retracerait du bout de sa langue, ferait courir ses doigts le long de son cou avant de conquérir le reste de son corps. Il lui montrerait combien les Calédoniens excellaient dans les rapports charnels, en plus d'incarner de grands guerriers.

— Calgacus, chef des Calédoniens qu'aucun Romain n'a jamais pu soumettre.

Hadrien se demandait pourquoi, par les Dieux, sa première pensée visait à soumettre Seylan à son bon plaisir. Il avait la réponse à sa question et les palpitations de son cœur dans sa poitrine lui signifiaient les passions que le Celte faisait naître en lui. Hadrien savait aussi que ce genre de rapprochements était condamnable, mais Arius ne s'en privait pas et bien d'autres femmes ou hommes haut placés profitaient des corps des gladiateurs. Mais Hadrien ne voyait pas seulement cela comme un abus de pouvoir ou un besoin de soumettre un esclave à ses volontés. Seylan était bien plus que cela à ses yeux. Il ne savait dire qui était ce « Calgacus », mais en tant que chef de ceux qui résistaient à l'invasion de Rome, il devait être un homme fort et courageux. Hadrien remarqua une autre cicatrice située sur la ligne de la mâchoire de Seylan. Sa paume se posa entièrement sur sa joue alors qu'un doux silence s'installait entre eux.

— Si j'avais mon mot à dire et mon indépendance, je ne te laisserais pas dans les cellules des gladiateurs. Mais patience, le temps viendra...

Seylan tremblait presque sous les assauts d'Hadrien. Celui-ci le torturait et jusque-là, aucun supplice ne l'avait fait souffrir à ce point. Résister face au fils du Consul, sous ses doigts divins relevait du miracle et seuls les Dieux pouvaient l'y aider. Franchir la courte distance qui les séparait pouvait entraîner un châtiment et Seylan ne devait pas oublier son statut. Hadrien restait un Romain. Il ne le connaissait pas assez pour s'abandonner pleinement à ses premières envies. Il espérait seulement vivre d'autres moments comme celui-ci, et gravait chaque seconde dans son esprit pour se les remémorer une fois seul.

— Nous devons y aller, fit Hadrien en le sortant de ses pensées. Tu monteras avec moi dans la voiture consulaire.

Il se détourna de Seylan et appela :

— Luria, Damia ?

Les deux esclaves revinrent dans la pièce et Hadrien demanda :

— Avez-vous chargé les présents pour mon amie Octavia ?

— Oui, Dominus, répondit Luria

— Dites aux gardes que nous partons.

Hadrien détourna son regard de Seylan dont la seule vue l'emplissait d'une douce chaleur. Il savait que son père n'aurait jamais approuvé qu'il l'emmène dans les rues d'Aquilée, mais si Arius profitait de son absence, il pouvait en faire autant. Il suivit donc ses deux esclaves à travers les pièces de la villa et rejoignit les portes d'entrée donnant sur les jardins. La voiture les attendait et des esclaves leur tinrent la porte. Hadrien y monta et indiqua à Seylan de s'asseoir en face de lui avant que les rideaux ne tombent de chaque côté. Les températures étaient encore hautes en ce début d'après-midi, mais supportables à l'ombre. La voiture se mit en route sur la voie pavée tandis qu'Hadrien continuait de contempler Seylan, de profiter de cet autre moment intime où ni Arius, ni son père, ni aucun esclave ne le jugeraient.

Seylan s'était accoudé sur ses cuisses, assis sur le bord de la banquette. La voiture tirée par des chevaux était secouée sur les pavés, mais le confort intérieur était indéniable. Il ne savait pour quelle raison Hadrien l'amenait avec lui dans ses affaires, voir son amie romaine. Au moins, Hadrien semblait l'apprécier et lui offrait la possibilité de voir l'extérieur sous un autre angle. Il détaillait le fils du Consul installé sur sa banquette et profitait de cette vue magnifique. Il songeait aussi aux autres gladiateurs qu'il apprenait à connaître et qui, eux, étaient restés au Ludus. Cyprus avait-il connu de telles sorties en compagnie d'Hadrien ou des maîtres ? Il détourna les yeux sur les rideaux qui les dissimulaient des regards extérieurs. Il les écarta un peu afin de jeter un œil sur les alentours et aperçut les murs de la ville. Quelques personnes marchaient sur le bord de la route, mais ils n'étaient pas encore au centre d'Aquilée.

Hadrien préférait garder ses yeux sur Seylan, las d'emprunter toujours cette même route pour se rendre au marché. Il devinait que la plupart des personnes qu'ils croiseraient reconnaîtraient Déimos et Hadrien ne pouvait empêcher un sentiment de fierté de l'envahir.

Après quelques minutes, la voiture s'arrêta et la porte s'ouvrit afin qu'Hadrien en descende. Il regarda Seylan le suivre pendant que les soldats de son père restaient autour d'eux ainsi que Luria et Damia.

— Les marchands que nous croisons ici ne sont pas ceux qu'on trouve sur la grande place d'Aquilée, expliqua-t-il à Seylan. Tout y est plus cher, mais aussi de meilleure qualité.

Il s'arrêta devant le comptoir d'un marchand de vin miellé et ordonna à ses esclaves de payer une dizaine d'amphores. Il se fit servir une coupe de la part du marchand, en but quelques gorgées et la tendit à Seylan.

— Goûte ce vin, le meilleur de l'Empire.

Seylan jeta un œil sur la coupe, hésitant. Les autres esclaves n'avaient pas droit à pareilles faveurs. Il s'en saisit et la ramena à ses lèvres pour goûter à ce que les Romains considéraient comme le nectar des Dieux. En effet, les saveurs du breuvage envahissaient son palais et aiguisaient ses papilles. Il aurait volontiers vidé la coupe, mais la rendit à Hadrien.

— Il est bon, en effet.

Hadrien l'avait encore détaillé, comme à chaque seconde qu'il passait en sa compagnie. Il reprit la coupe et poursuivit sa marche avant de dire plus discrètement :

— Je suis sûre que les Dieux nous l'envient, tout comme Mars envie ta force et Apollon, ta beauté.

Seylan reporta son regard sur Hadrien après cette remarque plus confidentielle. Il ne put retenir un léger sourire en comprenant les compliments détournés que le fils du Consul lui offrait. Il n'avait aucun don pour les discours et ne savait pas parler avec autant d'éducation. Que pouvait-il répondre à cela ? Avait-il le droit de renvoyer le compliment ?

Hadrien ne lui en tint pas rigueur, conscient des remarques inappropriées qu'il lançait à Seylan malgré son statut d'esclave. Il s'arrêta à un deuxième comptoir, commanda plusieurs étoffes de soie qu'il ferait coudre. À un troisième, il acheta des gravures, laissant ses esclaves charger ses achats dans le chariot approprié. En poursuivant leur marche à travers la rue, Seylan observait les gens, les alentours. Les cris des marchands résonnaient pour attirer les clients et vanter les mérites de leurs produits. Il croisait quelques regards et ne savait dire s'ils étaient destinés à Hadrien ou à lui. Des femmes, des hommes en toge blanche et pourpre les croisaient. Leur tenue les différenciait des gens pauvres ou moins riches qu'eux. D'autres portaient une toge d'une autre couleur, certainement des marchands influents ou de grands propriétaires. Une véritable cohue régnait et les gens affluaient de toute part. Des femmes lavaient des tuniques dans l'eau d'un bassin, des hommes jouaient aux dés assis près des fontaines, des enfants s'affrontaient avec des épées de bois improvisées. Avant tout, Seylan constatait que les Romains faisaient preuve d'organisation et d'ingéniosité dans leurs inventions. Il avait déjà entendu quelques histoires sur les cités de l'Empire. Tandis qu'il suivait Hadrien, il aperçut un homme sale et mal vêtu se faufiler entre les gens et s'approcher du fils du Consul. Sans attendre, il le saisit par le bras pour l'écarter et ramena l'autre main à sa gorge.

— Une pièce pour un malheureux, fit-il d'une voix usée par l'âge.

Hadrien posa doucement sa main sur le bras de Seylan.

— Il n'est pas dangereux, fit-il. Tu peux le lâcher.

Chose que Seylan fit aussitôt. Hadrien tendit un denier au vieil homme.

— Merci, les Dieux vous bénissent…

— Qu'ils t'entendent, commenta Hadrien avant de poursuivre leur chemin.

Après quelques mètres, ils quittèrent le marché et Hadrien s'arrêta devant la grande entrée d'une villa fermée par deux portes. Deux soldats les gardaient, employés par le Sénateur Gracchus.

— Faites amener la voiture ici, demanda-t-il aux esclaves.

— Oui, Dominus.

Hadrien se tourna ensuite vers les soldats du Sénateur qui ouvrirent les portes après l'avoir salué respectueusement, et pénétra dans l'enceinte de la villa, suivie de Seylan et de Luria. Construite sur un étage, le domaine de la famille Gracchus était tout aussi luxueux que la maison Valerius. Les grands jardins présentaient des palmiers importés du sud de l'Empire, des rosiers parfaitement taillés et fleuris dont les parfums embaumaient les lieux. Hadrien aperçut Octavia qui l'attendait sur le haut des marches. Celle-ci lui sourit avec ravissement :

— Je suis heureuse de te voir enfin.

— Je t'ai apporté les bijoux que je t'avais promis, répondit-il.

Luria présenta un coffre qui révéla les présents apportés par son maître.

— Rentrons à l'ombre, se réjouit Octavia.

Hadrien lança un regard doux à l'attention de Seylan et lui fit signe de le suivre. Ce dernier s'exécuta et rejoignit ainsi l'atrium. Comme dans beaucoup de riches foyers romains, un bassin recueillait l'eau de pluie en son centre et rafraîchissait les lieux. Octavia et Hadrien s'installèrent sur des banquettes pendant que leurs esclaves s'activaient à leur servir quelques boissons. Seylan resta à l'écart sans comprendre l'utilité de sa présence. L'amie d'Hadrien devait avoir le même âge que lui, une jeune femme charmante, et Seylan se demanda un instant si celle-ci n'était pas son amante. À cette idée, une émotion désagréable le traversa d'autant que la beauté d'Octavia était évidente.

— Et que me vaut l'honneur de recevoir Déimos dans notre demeure ? demanda Octavia à Hadrien.

Ce dernier prit la coupe d'eau qu'un esclave lui tendait et répondit :

— Je lui évite les ordres déplacés d'Arius. Il ne se contente plus de Cairneth et veut certainement soumettre Seylan à ses volontés.

— Seylan ? répéta Octavia d'un air intrigué.

Hadrien mesura son erreur tant il était spontané.

— Je veux dire, Déimos.

— Il s'appelle Seylan ? interrogea-t-elle.

— Oui, c'est un nom celte. Je le trouve d'ailleurs plus agréable à l'oreille que Déimos.

— Plus agréable oui, mais inadapté à une arène de Gladiateurs, répondit Octavia. Cela dit, je ne trouve pas étonnant que ton frère veuille coucher avec lui.

Hadrien détestait profondément cette idée.

— Je ferai en sorte qu'il ne le touche pas.

Octavia examina son ami et but quelques gorgées d'eau. Elle connaissait Hadrien, le savait plus raisonnable par certains côtés que d'autres hommes de leur âge et de leur statut social. Son frère Arius s'opposait à lui sur presque tous les points. Sa réputation d'amateur des plaisirs de la chair avec des hommes souvent très jeunes le précédait et son séjour dans les contrées de Dacie n'avait sûrement pas calmé ses ardeurs.

Seylan ne bougeait pas, jetait quelques regards sur les deux Romains assis sur les banquettes. Ces derniers ne semblaient pas embarrassés par sa présence et parlaient de lui aussi simplement qu'ils l'auraient fait en son absence. Les Romains se comportaient parfois de manière étrange. Il observait aussi les allées et venues des esclaves de la maison Gracchus. Hommes et femmes s'affairaient à garder les coupes d'eau et les plateaux de fruits pleins, d'autres arrosaient les plantes, d'autres encore attendaient leurs prochains ordres. Seylan continuait d'écouter la conversation entre Hadrien et son amie et se demandait si toutes leurs journées se déroulaient de cette façon. Tout leur semblait à portée sans qu'ils ne soient forcés de travailler ou de se soucier des guerres menées par leur Empire contre d'autres peuples tels que le sien.

— Arius célèbre son retour demain soir au domaine. Tu seras la bienvenue et préviens aussi Julia qu'elle est invitée.

— Je reconnais bien là Arius et son goût pour les célébrations, répondit Octavia.

Hadrien s'égarait dans ses pensées, son regard sur Seylan qui se tenait debout près de Luria. Tous attendaient qu'il décide de quitter le domaine de Gracchus pour rentrer et Hadrien profitait de ce moment loin du ludus pour accaparer Seylan à qui il évitait le dur entraînement d'un après-midi ensoleillé.

— Quand viendra-t-elle à Aquilée ? demanda Octavia.

Hadrien sortit de ses pensées et la regarda :

— Qui donc ?

— Clodia, la fille de Trajan. Ton père a fait son annonce et tout Aquilée est maintenant au courant. Elle est la fille du commandant des trois armées et du légat de Germanie. Il est adulé par tout le monde.

Hadrien fut dérangé de tenir cette conversation devant Seylan. Il se redressa, s'assis et récupéra une petite grappe de raisins dans le plateau posé devant lui.

— Je ne sais pas. Elle attend le retour de son père de la guerre, d'après mon père.

— Sais-tu à quoi elle ressemble ? interrogea Octavia d'un air curieux.

— Non, je l'ignore, fit Hadrien peu intéressé.

Seylan avait froncé les sourcils en entendant la discussion tourner autour du mariage arrangé entre cette femme et Hadrien. Cette nouvelle le dérangeait. Savoir le fils du Consul marié à cette femme, appartenir à cette dernière était une idée plus que désagréable. Une fois marié, Hadrien ne résiderait certainement plus au domaine Valerius et rejoindrait la demeure de ce général des armées romaines. Ses réflexions lui faisaient oublier les avantages à être gladiateur pour les Valerius. Ses combats dans l'arène ne servaient à rien de plus qu'à divertir ces maudits Romains arrogants. Au fil de ses pensées, il se tendait et son regard se voilait d'une lueur plus sombre. Était-ce pour cela qu'Hadrien l'avait emmené jusqu'ici ? Pour lui apprendre son mariage avec cette femme de Rome, une ennemie de plus de son peuple ? Pourquoi avait-il été si naïf, si crédule ? Son père lui avait souvent reproché ce type de faiblesse dû à sa jeunesse.

Hadrien lança un coup d'œil à Seylan et termina sa coupe d'eau avant de se lever.

— Je vais rentrer, annonça-t-il.

Octavia l'imita :

— Mais tu viens à peine d'arriver.

— Je sais, mais j'ai promis à Auxilius que je ne m'attarderai pas en ville. Nous nous verrons demain de toute façon.

— Soit, fit Octavia. Ta visite m'a fait plaisir et je te remercie de m'avoir amené les bijoux. Je les porterai demain et qui sait, ton frère finira peut-être dans mon lit.

Hadrien rit doucement sur cette remarque récurrente. Il savait Octavia très éprise d'Arius, ou plutôt des hommes résistant à ses charmes. Octavia le raccompagna aux portes du jardin et l'étreignit pour le saluer avant qu'Hadrien ne monte dans la voiture qui les attendait. Les chevaux prirent la direction de la sortie puis le chemin pavé de la rue. Hadrien baissa les rideaux et regarda Seylan. Il ouvrit le coffre près de lui et en sortit un peu d'eau qu'il lui tendit :

— As-tu soif, Seylan ?

Seylan demeurait tendu et serrait les dents pour ne pas laisser ses rancœurs envers les Romains exploser devant Hadrien. Celui-ci n'était pas la cause de ses malheurs, de sa captivité ni de son sort au Ludus. Pourtant, de supposition en supposition, l'annonce de son mariage avec cette femme ne cessait de prendre de l'ampleur dans sa tête. Il secoua la tête de manière négative, les yeux baissés sur ses mains. Il s'impatientait de regagner le ludus où il pourrait exprimer les tensions qui régnaient en lui.

Hadrien fronça les sourcils. Il n'eut aucun mal à constater le recul de Seylan dont le regard ne soutenait plus le sien, se détournait. Ses traits étaient tirés, ses mains fermées sur ses genoux semblaient crispées. Il se leva de son siège et vint s'asseoir près de Seylan sans le quitter du regard.

— Ai-je dit ou fait quoi que ce soit qui t'as contrarié ? osa-t-il demander.

Seylan ne dit rien, immobile. Comment un Romain pouvait-il

bien s'intéresser à ses états d'âme, songeait-il. En tant qu'esclave, il devait répondre, montrer son obéissance, mais il n'avait que faire de ces maudites règles. La question d'Hadrien détenait la réponse. Avait-il son mot à dire ? Bien sûr que non. Il n'avait pas à interférer dans la vie du fils du Consul qu'il ne connaissait que depuis quelques jours. Il n'était rien aux yeux d'Hadrien ni aux yeux de quiconque dans ces contrées arides. Il sentit la main d'Hadrien se poser doucement sur sa joue, relever son visage vers le sien et forcer le contact visuel. Son regard trouva celui d'Hadrien, mais il ne lui dévoila qu'un masque dur et distant. Les Celtes maîtrisaient l'art de la dissimulation lorsqu'il s'agissait d'émotion.

Hadrien frissonna face à tant de proximité et en détaillant les traits ténébreux de Seylan. Il le sentait cependant si froid à travers son égard bleu acier qu'il en resta confus. Qu'avait-il fait pouvant justifier la distance soudaine et le silence du Celte ? L'évidence le frappa alors et son trouble en fut plus grand. Seylan pouvait-il être offensé par l'annonce de son mariage avec Clodia ? Hadrien était conscient que bien des choses se passaient entre Seylan et lui, bien qu'ils n'eussent jamais partagé une réelle intimité. Il le sentait simplement à travers leurs regards échangés et à la façon dont Seylan se comportait à son égard. Hadrien pouvait alors comprendre son recul face à son mariage arrangé avec une femme qu'il ne connaissait même pas. Ses doigts descendirent le long de la mâchoire de Seylan, frôlèrent sa cicatrice et s'arrêtèrent au niveau de son cou. Poussé par son désir et surtout son audace, il osa poser ses lèvres sur les siennes dans un délicat baiser. Il se recula après un court instant, brûlé par ce contact enivrant. Le reflet de ses yeux trahissait ses émotions et il reprit d'une voix basse :

— Autant tu dois obéir à tes maîtres, je dois obéissance à mon père. Mais mon cœur n'y est pas.

Le regard de Seylan laissa entrevoir une étincelle après ce baiser offert par Hadrien. Il ne pouvait le quitter des yeux à présent, s'imprégnait des parfums de ses lèvres pleines et fraîches malgré la chaleur extrême qui régnait. Ce contact intime avait excité son corps et son cœur, affolé ses envies et ses sens. Il était aussi euphorisant qu'un réveil sur les hauteurs des monts de Calédonie, au-dessus des terres, proches des cieux. Pouvait-il se fier à la sincérité qu'il lisait dans le regard d'Hadrien ? Cette femme serait-elle réellement privée du cœur du fils du Consul ? Cette idée serait le moindre des réconforts et Seylan faisait abstraction de son corps qui appartiendrait à cette Romaine. Il savait certains Romains attachés à l'honneur et respectait cette valeur. Hadrien n'avait donc pas le choix et honorait certainement la décision de ses parents.

— Quand aura lieu le mariage ? demanda-t-il.

— Je l'ignore, répondit Hadrien. Certainement au retour de Trajan de Germanie et je ne sais pas si je dois prier Mars pour qu'il périsse à la guerre au risque de devoir épouser une autre femme dont le père sera également bien placé à Rome.

Si Seylan avait pu, il aurait certainement tué Trajan de ses mains pour que la famille Valerius se désintéresse du statut de cet homme et par conséquent, de sa fille. Il se répéta qu'Hadrien ne voulait pas d'elle et l'idée de son union lui sembla plus supportable. Pourtant, il garda ses réserves, demeurait prudent.

— Que se passera-t-il après ? interrogea-t-il.

Hadrien y avait longuement réfléchi, mais toutes ses suppositions n'étaient guère vérifiées et vérifiables. D'autant que se projeter dans l'avenir ne faisait qu'entacher ce moment. Il répondit malgré tout :

— Je partirai pour Rome pour les célébrations et obtiendrai une place de choix au Consulat. Clodia et moi devrons faire un enfant, puis elle retournera auprès de ses amants capables de l'honorer comme je ne saurai le faire.

Seylan détourna les yeux un instant, en proie à de nombreuses réflexions tourmentées. Comment un Romain pouvait-il avoir autant d'emprise sur ses émotions comme Hadrien en cet instant ?

— Seule une aveugle se détournerait de toi sans être capable de voir ta beauté, avoua-t-il.

Le regard d'Hadrien s'illumina face à ce compliment inattendu. Il tourna à nouveau son visage vers le sien, en manque de son regard et de son attention. Il posa sa main sur sa cuisse.

— Gagne dans l'arène, Seylan, et mon père t'affranchira. J'exigerai que tu restes à mes côtés et tu m'accompagneras à Rome.

Seylan releva un regard brillant sur le visage attirant d'Hadrien. Ces dernières paroles s'avéraient dangereuses, nourrissant un espoir immense. L'espoir d'une liberté perdue, d'une vie aux côtés de celui qui occupait toutes ses pensées depuis l'instant où son regard avait croisé le sien.

— Tu seras un homme marié, rappela-t-il.

— Marié à une femme que je n'aimerai pas. Je ne suis pas et ne serait pas le seul à me marier par obligation familiale. Mon frère le sera lui aussi et les Dieux savent combien il n'aime pas les femmes.

La voiture du Consul s'arrêta. Ils étaient arrivés au ludus Valerius et le temps était désormais compté pour Hadrien. Il dut conclure :

— Nous nous verrons demain après ton combat. Fais attention à toi.

Il hésita un court instant, son regard vert s'imprégnant des traits ténébreux de Sylan. Une dernière fois, il glissa sa main sur sa joue et ponctua ce moment d'un chaste baiser avant que la porte ne s'ouvre.

Seylan suivit, frissonnant après ce nouveau contact. Il n'avait eu le temps de savourer les lèvres d'Hadrien et le pouvait-il seulement ? Après tout, il restait l'esclave et Hadrien le maître. Il le détailla et vit son frère approcher à la hâte.

— Hadrien ! s'exclama Arius en ramenant ses mains sur les bras de son frère. L'empereur est en route pour Aquilée. Le message vient de me parvenir de Rome. Il sera là dans trois jours et nous fera l'honneur de visiter le ludus. Tous les esclaves sont déjà au travail pour préparer sa venue et des jeux seront organisés chaque jour le temps de son séjour.

Hadrien ne savait dire si cette nouvelle était bonne et devait le réjouir. Il avait suivi Seylan du regard, raccompagné aux grilles de la cour des gladiateurs par les soldats. Certes, la visite de l'Empereur était un honneur que nombre de familles romaines leur envieraient, un honneur qui accentuerait la renommée du ludus Valerius. Il sourit pour ne pas gâcher le plaisir de son frère.

— C'est une excellente nouvelle.

— En effet, dit-il d'un air pourtant soucieux, mais il sera accompagné de Trajan et de Clodia.

Hadrien se tendit à son tour. Grâce aux Dieux, Seylan n'avait entendu cela, mais il le saurait bien assez tôt et Hadrien avait eu un bref aperçu de sa réaction sur l'annonce naïve d'Octavia concernant son mariage arrangé. Il suivit Arius dans la villa, monta les marches et rejoignit l'Atrium.

— Il vient de rentrer de Germanie d'après ce qu'on dit, reprit Arius. Et l'Empereur lui-même l'accompagne jusqu'à toi.

Malgré le mécontentement que cette nouvelle faisait naître chez Arius, ce dernier se réjouissait au moins de démontrer la valeur de la famille Valerius. Il était responsable du domaine en l'absence de leur père et prouverait à ce dernier qu'il était capable d'accueillir le plus grand des invités de marque.

— L'Empereur aurait entendu parler de Déimos jusqu'à Rome et malgré les quelques difficultés physiques qu'on lui accorde, il se déplace en personne.

Les températures dans la villa étaient à la limite du

supportable même si des esclaves s'affairaient à les ventiler. Hadrien s'assit sur le bord du bassin et récupéra un peu d'eau au creux de sa main pour rafraîchir sa nuque.

— Espérons que cette visite ne sera pas la dernière. Notre Empereur se fait vieux.

— Il n'a aucune descendance, fit Arius qui s'installa près de lui. Qui sait ? Père et lui sont très proches, il m'a souvent répété qu'il me considérait comme un fils.

Hadrien regarda Arius qui ne doutait décidément de rien.

— Es-tu en train de croire qu'il te nommera comme successeur ?

— J'ai sacrifié un troupeau entier de vaches à Jupiter pour qu'il m'accorde ses bonnes grâces.

Hadrien se mit à rire, moqueur.

— Quand bien même sacrifierais-tu cent taureaux, Jupiter ne pourrait rien pour toi.

Arius se vexa :

— Je ne te permets pas de remettre en doute mes chances d'accéder au trône !

— Domitien n'est pas mort, Arius. Ne connais-tu donc pas l'adage, mettre la charrue avant les bœufs ? Et pour l'instant, tu n'as plus de vaches.

Arius s'agaça des plaisanteries de mauvais goût de son frère.

— Cesse donc d'être aussi puéril, fit-il. Tu devrais me soutenir au contraire, c'est ce qu'un frère doit faire habituellement !

— Je suis ton frère, mais je ne suis pas l'un de tes esclaves, accusa Hadrien en prenant le verre de vin miellé qu'on lui tendait.

Luria sourit de manière discrète sur ce rappel récurrent de son maître à son frère prétentieux et arrogant. Arius demeura vexé, mais silencieux, incapable de contredire pareille évidence. Il prit la coupe qu'on lui tendait dans un geste plus brusque et en but quelques gorgées pour se désaltérer. Il reporta son regard sur son frère et demanda :

— Et comment va notre chère Octavia ?

— Elle sera là demain soir pour honorer ton retour à Aquilée.

— Et attends de voir leurs réactions quand ils apprendront que l'Empereur visitera notre domaine.

— Tous t'envieront, le félicita Hadrien d'un air faussement flatteur.

— Exactement ! conclut Arius.

Las des interventions de son frère ennuyeux, Hadrien se leva et Arius demanda :

— Où vas-tu ?

— Prendre un bain…

Hadrien s'éloigna et ajouta avant qu'Arius ne se lève.

— Seul.

Son frère ne dit rien et Hadrien s'éloigna, traversant l'Atrium pour rejoindre la salle des bains où il ôta sa toge afin de se glisser nu dans l'eau fraîche. Il s'adossa au rebord, ses mains ramenant sur ses bras l'eau précieuse et délicieuse. Il regarda Luria et ordonna :

— Va trouver Seylan. Apporte-lui des fruits et dis-lui que mes pensées sont tournées vers lui. Je compte sur ta discrétion.

— Oui, Dominus.

L'esclave disparut et prit l'escalier pour rejoindre le rez-de-chaussée de la maison Valerius. Elle devinait que son maître nourrissait une affection particulière envers le Celte présent depuis seulement quelques jours. Après avoir récupéré des fruits dans les cuisines, elle les enfonça dans un sac en tissu et rejoignit les grilles menant aux quartiers des gladiateurs. L'un des gardes lui ouvrit et elle traversa un long couloir jusqu'aux cellules.

— Luria, l'appela Cyprus depuis sa cellule.

La concernée se tourna et vit le gladiateur debout devant l'entrée de sa chambre dont la porte était ouverte. Quand les gladiateurs prouvaient leur valeur et leur loyauté au ludus, ils n'étaient plus enfermés et pouvaient circuler librement entre la cour et les cellules leur servant de chambre.

— Qu'y a-t-il, Cyprus ? Je suis pressée...

Ce dernier lui tendit quelques deniers.

— Pourras-tu demander à Protacius de trouver un beau collier pour Damia ?

Luria sourit de l'attention du champion d'Aquilée. Sous ses airs durs de bête sauvage et féroce, Cyprus était sans doute le plus romantique des gladiateurs qu'elle ait jamais connu. Elle prit les deniers et répondit :

— Je lui dirai.

— Merci.

Luria s'éloigna à travers le couloir et arriva devant la cellule de Déimos, fermée et surveillée par l'un des gardes. On la lui ouvrit et elle pénétra dans la pièce en voyant Seylan se lever.

— Hadrien m'a demandé de vous faire porter cela. Il me fait également vous dire que ses pensées sont tournées vers vous.

Seylan ne put réfréner un sourire sur les paroles de l'esclave personnelle d'Hadrien. Il saisit le petit sac de fruits et attrapa une belle pomme qu'il croqua sans attendre. Les saveurs envahirent sa bouche, comme son jus sucré et rafraîchissant. Hadrien pensait à lui. Cette idée le fit frissonner et le renvoya aux deux trop brefs baisers que le fils du Consul lui avait offerts.

— Tu le remercieras... répondit-il, hésitant.

Il n'avait pas l'habitude de transmettre des messages de ce type par l'intermédiaire d'une autre personne.

— Tu lui diras que demain, je serai à la hauteur de ses attentes.

— Bien, acquiesça Luria, l'air amusé.

Elle s'apprêta à quitter la cellule, mais fut interpellée par la voix de Seylan :

— Attends Luria...

Elle se retourna et reporta son regard sur le gladiateur qui demanda :

— Que fait-il en ce moment ?

Luria pinça un léger sourire sur cette question inattendue et répondit :

— Il prend un bain.

Seylan leva les sourcils, surpris par la montée soudaine de chaleur qui venait de l'envahir à différentes pensées suggestives. Son esprit partait dans mille et une extrapolations autour du bain d'Hadrien.

— Merci, reprit-il avant que Luria ne sorte de la cellule.

Seylan soupira profondément et s'assit sur sa couche accolée au mur. Il s'y allongea, replia un genou et apprécia le goût fruité de la pomme. Son esprit était rempli d'images agréables. Si Hadrien avait envoyé son esclave jusqu'ici, c'était qu'il songeait à lui et ce, dans son bain. D'autres frissons coururent le long de son dos et il laissa ses réflexions vagabonder au gré de ses désirs. La voix de Cairneth résonna de l'autre côté de la porte.

— Teutatès a dû te bénir.

Seylan se redressa sur sa couche et termina de manger le trognon avant de se lever. Il s'approcha de la porte et aperçut le visage de Cairneth à travers la petite fenêtre rectangulaire qui lui permettait de jeter un œil sur l'extérieur. Le nom du Dieu prononcé par Cairneth confirmait ses origines celtes. Son accent, son allure témoignaient de cette évidence.

— Pour quelle raison dis-tu cela ?

Cairneth désigna le petit sac posé sur la couche d'un signe du menton.

— Quelqu'un pense à toi en haut, répondit-il. Qu'as-tu fait au maître Hadrien pour t'attirer ses faveurs ? Il n'a jamais porté autant d'intérêt à quiconque ici.

Seylan s'en réjouissait. Au moins, il pouvait affirmer être le seul ici-bas pour le fils du Consul même si la fille de ce soldat l'épouserait bientôt. Il se recula et saisit le sac sur la couche pour attraper une grappe de raisins. Il la tendit au gladiateur.

— Teutatès est bon avec tous ceux de notre peuple, même si tu ne fais pas partie de ma tribu.

De l'autre côté de la porte, Cairneth hésita, mais récupéra la grappe que lui tendait Déimos. Il ramena un grain à ses lèvres, le croqua et laissa le jus délicieux réveiller son palais. Il ne quittait pas le Celte du regard, tout de même méfiant à son égard.

— Nous ne sommes pas amis, fit-il. Et je ne te laisserai pas voler mon titre de champion. Les Dieux ne te béniront pas éternellement.

Seylan n'en attendait pas moins de la part de son congénère. Les Celtes n'avaient pas pour réputation de lier facilement des amitiés, même avec les tribus voisines. Pourtant, entre ces murs, ils étaient relégués au même rang, tous égaux dans l'arène, tous esclaves de ces maudits Romains. Il suivit Cairneth du regard jusqu'à le voir disparaître dans sa cellule quelques mètres plus loin. Il repartit s'allonger et récupéra une fraise qu'il dégusta en pensant à Hadrien.

* * *

La journée suivante fut consacrée aux préparatifs de la soirée d'Arius. Les esclaves eurent pour ordre de faire briller chaque centimètre des murs et du sol de la villa. Les gladiateurs durent s'entraîner toute la matinée et se préparer l'après-midi à être présentés aux invités d'Arius.

Seylan avait compris que la valeur des gladiateurs ne se démontrait pas seulement dans l'arène. Scaro lui avait expliqué l'utilité qu'il y avait à rester des heures dans les bains de leurs quartiers à se raser, se faire masser, laver ou huiler. Leurs corps étaient comparables à des statues présentées aux convives d'Arius Valerius pour la gloire du ludus. Mais tous les gladiateurs ne seraient pas amenés aux célébrations. Seuls les plus forts, les plus réputés seraient exposés. Ceux dont les nombreuses cicatrices marquaient le corps resteraient dans les quartiers des gladiateurs. Scaro, Cyprus, Azes, Isaurius et Archelaos avaient donc été choisis. Cairneth, Syllus et Déimos seraient bien sûr présents, surtout le nouveau champion qui combattrait contre un autre gladiateur.

— C'est un Gaulois, fit Syllus. Il s'appelle Bélain.

Seylan, Cairneth, Syllus et tous les autres se retrouvaient dans la salle des bains où trois grands bassins remplis d'eau pouvaient les accueillir. Autour se trouvaient des bancs en bois, des torches accrochées au mur éclairaient les lieux. Aucune distinction ne se faisait entre les hommes et les quelques femmes présentes malgré leur nudité. Tous avaient fini par s'y habituer et n'avaient guère le choix. Le maître n'aurait pas fait bâtir une deuxième salle des bains pour seulement deux autres gladiatrices. Appuyé contre le rebord, Syllus se chargeait de savonner le dos de Cyprus.

— Il appartient au Ludus Aurelius de Narbonne, expliqua Cyprus. Il a déjà combattu dans toute la Gaule et on dit qu'il descendrait directement de la lignée de Vercingétorix.

— Ce ne sont que balivernes, dit Syllus.

— Tu n'as aucune preuve pour affirmer ça, répliqua Cyprus.

— Toi non plus pour répéter ce que les autres disent. Et d'où tiens-tu cette information ? accusa Syllus qui lui frottait le dos.

— Caius me l'a dit.

Scaro se mit à rire devant ce énième désaccord entre Cyprus et Syllus. Les deux hommes se plaisaient à se contredire parfois et ce type d'échanges pouvait durer des heures. Il fit glisser le strigile, lame courbe destinée à enlever les poils et les dernières saletés le long de sa cuisse et reprit :

— Ce qu'il faut retenir, c'est qu'il n'est pas novice.

Cairneth ne disait rien et observait le nouveau assis plus loin. Celui-ci écoutait ce que ses amis disaient au sujet du gaulois qu'il affronterait le soir même. Il espérait au fond de lui que son adversaire serait victorieux puisqu'il ne s'agirait pas d'un combat à mort de toute façon. Ces combats de divertissement pouvaient néanmoins s'avérer violents. Commidus arriva et s'adressa à eux :

— Allez vous habiller, les invités sont arrivés et vous serez bientôt appelés.

Tous se levèrent pour obéir à l'ordre du Doctor.

* * *

Hadrien était debout près d'Octavia et des autres invités réunis dans l'Atrium. Des esclaves portaient des plateaux de vins, de viandes sur les grandes tables, très appréciés par les convives. Flûtes, lyres, cithares résonnaient. Plusieurs esclaves dansaient pour les divertir. Nombre des amis d'Arius étaient présents : centurions, magistrats ou questeurs s'étaient fait une joie de venir.

— Cyprus combattra-t-il ce soir ? demanda Octavia.

— Je l'ignore, fit Hadrien. Arius a organisé des combats, mais je ne sais pas qui se battra.

— J'ai vu le gaulois du ludus Aurelius, reprit-elle. Il est assez effrayant, je dois dire. Il n'a pas la finesse de ton Celte.

Hadrien sourit sur ce pronom qui évoquait que Seylan était sien. Une idée qui lui plaisait par-dessus tout. Il vit Arius avancer au bord du bassin principal de l'Atrium et tous les regards se posèrent sur lui.

— Mes amis, commença-t-il. Je suis heureux de vous voir et je vous remercie d'être venu. Comme vous le savez, mon père Sarrius est retourné à Rome et m'a confié son précieux ludus. De nombreux jeux seront célébrés au cours des prochaines semaines et c'est avec un plaisir immense que je vous annonce que notre Empereur nous honorera de sa présence très prochainement.

Quelques applaudissements se firent entendre et Hadrien constata le sourire fier et arrogant qu'Arius révélait tant son ego était flatté.

— Mais avant cela, célébrons mon retour ainsi que la victoire de notre nouveau champion, j'ai nommé Déimos, l'esclave Celte des contrées de Britannia devenu gladiateur.

D'autres applaudissements résonnèrent tandis que Commidus veillait à ce que Déimos fasse son entrée comme il le lui avait ordonné. Seylan fit quelques pas en direction du bassin au milieu de la pièce. Il passa entre plusieurs personnes et ne manqua pas de croiser quelques regards. Le fils du Consul avait convié une trentaine de personnes à sa petite fête. Derrière lui suivaient les autres gladiateurs choisis pour être présentés ce soir. Eux s'alignèrent sur un côté de l'atrium tandis qu'il devait se poster près d'Arius. Son regard trouva rapidement celui d'Hadrien qu'il aperçut à quelques mètres en compagnie de son amie romaine. Sa seule présence éveillait une douce chaleur déjà expérimentée auprès du fils du Consul. Il n'avait cessé de penser à lui depuis la veille et surtout à ses baisers. Arius poursuivit son discours :

— Il devra affronter le gladiateur renommé du ludus Aurelius, venu tout droit de la Gaule Narbonnaise.

À cet instant, l'autre gladiateur fit son entrée dans la pièce, vêtu d'une tenue de combat. Seylan posa son regard sur lui pour mesurer la taille et le poids de son adversaire. Le gaulois était plus grand, plus gras et plus imposant. Arius avait été clair : ce duel ne devait pas se terminer par la mort. La victoire serait accordée à celui qui aurait renversé l'autre après le plus de touches possible sans blessure grave.

Hadrien dissimula un léger soupir en voyant Seylan si loin de lui, conscient qu'il ne pourrait ni l'approcher, ni le toucher et encore moins lui parler. Il se sentait comme Tantale, mis au supplice, affamé devant un fruit magnifique qu'il ne pouvait goûter. Arius ordonna aux deux combattants de débuter leur affrontement et Hadrien constata combien les invités semblaient déjà captivés par le spectacle. Les combats privés étaient rares et, autant qu'un magnifique bijou, leur renommée et leur valeur étaient indiscutables. Arius mesurait que ses convives parleraient de ce duel autour d'eux, glorifiant encore et toujours les plaisirs et le luxe au sein du ludus Valerius. Aucun autre ludus n'avait trouvé pareil gladiateur et, pour cette même raison, les combattants venaient de loin pour affronter les leurs.

À chaque esquive des duellistes, des murmures se soulevaient. Hadrien ne quittait pas Seylan des yeux et, contrairement aux autres hommes et femmes, il n'appréciait pas les techniques ou l'agilité des combattants, mais espérait que le gaulois ne blesse pas Seylan. Quand Hadrien sondait son regard doux, il y constatait une telle fragilité dissimulée que le voir se battre avec tant de brutalité l'effrayait. Pourtant, Seylan avait fait ses preuves, mais Hadrien n'oubliait pas que leurs gladiateurs étaient des hommes et des femmes faits de chair et de sang. Un seul coup pouvait s'avérer mortel si Seylan manquait de vigilance. Après quelques minutes, son beau Celte prit le dessus sur le Gaulois qui posa genoux à terre, la pointe du glaive de son adversaire sur sa carotide. De nouveau, des applaudissements résonnèrent pour acclamer la victoire de Déimos et deux gardes raccompagnèrent Bélain tandis que Seylan restait debout près du bassin. Arius s'approcha de lui :

— Une fois de plus, tu fais honneur à notre ludus et à nos invités.

Il se tourna vers ces derniers.

— Quelle récompense pouvons-nous accorder à Déimos pour sa victoire ?

Octavia proposa tout bas à Hadrien :

— Je veux bien l'accueillir dans ma chambre.

Hadrien se tendit et fronça aussitôt les sourcils :

— Qui ça ?

— Arius, qui d'autre ? fit Octavia avec évidence.

Hadrien mesura combien Seylan le troublait à sa propre réaction. Bien sûr qu'Octavia ne souhaitait pas profiter de Seylan, mais il était persuadé que la plupart des femmes présentes ici avaient les mêmes idées que son frère. Il se leva, s'approcha en traînant sa jambe derrière lui et dit tout haut :

— Et si nous le laissions décider ?

Il regarda Seylan et précisa tout de même :

— Dans la mesure du raisonnable, cela va de soi.

Seylan n'avait pas tardé à reposer ses yeux sur Hadrien, mais il devait s'abstenir de les balader sur sa silhouette. Bien sûr, il connaissait déjà sa plus belle récompense après sa liberté, mais ne pouvait la prononcer devant les invités de la famille Valerius. Une nuit avec Hadrien serait mal venue de la part d'un esclave comme lui. Il jeta un œil sur les autres gladiateurs qui n'avaient pas bougé près du bassin et reporta ses yeux sur le fils du Consul.

— Une nuit dans un vrai lit, en dehors de ma cellule.

Quelques rires se firent entendre autour de lui, des réactions de surprise provoquées par cette demande inattendue. Arius leva sa coupe et commenta :

— Voilà une demande plus que raisonnable !

Il tourna son regard sur Déimos et ajouta :

— J'accède à ta requête, Déimos. Tu auras ta nuit dans un lit.

Il détourna ses yeux sur ses invités avant d'annoncer :

— En attendant, célébrons sa victoire et profitez de l'hospitalité des Valerius !

Sur ces belles paroles, il but une gorgée de vin, satisfait par le déroulement de la soirée qui n'apportait que bénéfices à son nom. Des esclaves servaient les convives, d'autres, à moitié dénudés, dansaient pour le bon plaisir des Romains et les gladiateurs se laissaient admirer tels des objets d'art. Seylan avait repris sa place avec eux, près de Cairneth et se réjouissait d'avoir obtenu sa nuit dans un lit. La finesse du raisonnement d'Hadrien l'amènerait à comprendre sa demande silencieuse, son message invisible à travers sa requête. Arius n'y avait vu que du feu, n'avait entendu que la simplicité de son exigence. S'il passait sa nuit dans un lit, alors il la passerait en dehors des quartiers des gladiateurs, dans une chambre non loin de celle d'Hadrien, plus accessible, plus facile à atteindre pour le fils du Consul. Seylan jetait quelques regards sur celui-ci qui se tenait aux côtés de ses amis, d'autres hommes et femmes romaines qui avaient répondu à l'invitation d'Arius.

— Tu as les faveurs d'Hadrien, mais méfie-toi, les passions sont éphémères, fit Cairneth en se tenant droit, sans le regarder.

Seylan fronça les sourcils sur cette remarque qu'il ne pouvait contredire. Les passions fiévreuses nées de façon si soudaine pouvaient s'estomper aussi vite. Les mains enchaînées devant lui, il garda son regard fixe sur le fils du Consul.

— Elles le sont quand elles sont consommées à la hâte, répondit-il à voix basse. Nourris la flamme et elle brûlera.

Cairneth jeta quelques regards sur Arius ainsi que sur certains de ses amis qui arboraient fièrement leur tenue militaire. Certains ne cachaient pas leur intérêt profond pour le fils du Consul.

— Il est promis à de plus grands desseins, répliqua Cairneth. Crois-tu qu'il voudra d'un gladiateur lorsqu'il goûtera au pouvoir ?

Seylan ne dit rien à cela. La question de Cairneth était destinée à semer le doute dans son esprit, à le faire vaciller. Il se rappelait sa désillusion de la veille lorsqu'il avait appris le mariage d'Hadrien avec la fille du commandant romain. Il gardait ses réserves, se protégeait contre d'autres revirements. Mais il n'avait aucune intention de le dévoiler à son camarade celte. Celui-ci s'était montré envieux depuis sa victoire contre Arminius et il comprenait sa jalousie puisque Cairneth était lui aussi un champion d'Aquilée. Il contint un soupir sur ses pensées. Mêmes esclaves, entravés, au service des Romains et de leur volonté, ils trouvaient le moyen de rivaliser, de se quereller. Seylan avait bien compris que chaque gladiateur était en compétition avec ses semblables. Il préférait garder un œil discret sur le fils du Consul, tandis que des femmes passaient en revue chaque gladiateur présenté. Même Cairneth, Syllus et lui avaient droit à leurs regards curieux. Ces femmes les touchaient, glissaient leurs mains sur leurs épaules, leur ventre, leurs cuisses tels des objets de décoration qu'elles s'apprêtaient à acheter.

L'un des amis d'Arius s'approcha de Seylan. Il l'examina avec minutie, accompagnée d'Arius et d'un militaire. Sa main se posa sur son bras, le longea lentement avant qu'elle ne passe dans son dos. Seylan serrait les dents et contenait son malaise à sentir les mains d'un Romain sur lui. En d'autres temps, libre, il n'aurait jamais accepté pareil affront, mais savait qu'il n'avait aucun choix.

— Que regardes-tu ainsi, Caïus ? demanda Arius, quelque peu dérangé par le regard de son ami sur Déimos.

Le Romain écarta les cheveux bruns, mi-longs du gladiateur pour découvrir sa nuque fine, ainsi qu'un dessin gravé sur sa peau, en forme de loup. Il plissa les yeux et revint devant lui pour le dévisager avec insistance. Il demanda à Arius sans prendre la peine de répondre à sa question :

— Où l'as-tu acheté ?

Arius s'agaçait devant l'intérêt flagrant que son ami portait à l'égard de Déimos. Pourtant, il répondit puisque son grade de général lui imposait le respect.

— En Illyrie, sur les bords de l'Adriatique. Mais il vient de Britannia.

Caïus Antelius ne détourna pas son regard du visage du

gladiateur qui ne soutenait pas le sien.

— Je l'ai déjà vu une fois, fit-il en esquissant un léger sourire. Je n'étais que centurion et me battais pour Rome aux frontières de la Calédonie.

Sur ces paroles, le regard de Seylan se riva sur le visage du Romain. Il venait d'attirer toute son attention, même s'il ne se rappelait pas l'avoir déjà croisé. Il le vit sourire et l'entendit s'adresser à lui, un pouce coincé sur le côté de sa cuirasse de cuir :

— Tu étais plus jeune en ce temps-là.

Caïus le détailla de la tête aux pieds avant de la fixer de nouveau.

— Moins vêtu aussi.

Il s'approcha de Seylan, son visage à quelques centimètres du sien.

— Les hommes calédoniens sont-ils tous de terribles guerriers comme tu l'étais aux côtés de ton père ?

Déimos serra les poings sans détourner les yeux de ceux du maudit militaire.

— Je le suis toujours, fit-il entre ses dents.

Arius ne comprenait pas la conversation qui se déroulait entre son ami soldat et son gladiateur. Il voulut le réprimander suite à son insolence face au Général, mais celui-ci releva sa main pour lui signifier de ne rien faire. Toujours face à lui, Caïus remarqua le regard haineux et froid que le Celte gardait sur lui.

— J'ai entendu dire que tu te battais avec autant de cruauté dans l'arène. Le fils du grand chef Calgacus l'insoumis, combattant pour divertir le peuple de Rome, l'Empereur lui-même… N'est-ce pas là un étrange destin ?

Sur ces dernières paroles offensantes, Seylan se crispa et ses chaînes tintèrent dans un mouvement. Il fut très vite retenu et entouré par deux gardes. Autour d'eux, Arius, ses invités autant que les autres gladiateurs demeuraient silencieux. Certains convives ne mesuraient certainement pas les implications de la conversation qui se tenait, mais d'autres comme Cairneth ou les militaires présents dans l'atrium s'en retrouvaient troublés. Caïus prit une coupe sur un plateau qu'un esclave tenait et esquissa un petit sourire en direction du gladiateur. Il releva la coupe et en but une gorgée.

— Célébrons la grandeur de Rome.

Il se détourna et posa sa main sur l'épaule d'Arius en riant un peu, comme si de rien n'était.

— Et apporte-nous plus de vin, mon ami.

Arius fixa un des gardes et lui ordonna plus bas :

— Amenez-le au rez-de-chaussée, dans une des chambres. Il a droit à une nuit dans un lit.

Le regard sombre de Seylan demeurait sur le Général qui

s'éloignait maintenant avec ses amis tandis que la musique reprenait. Ses muscles crispés, il maudissait l'arrogance de ce militaire qu'il aurait volontiers égorgé pour effacer son sourire satisfait de ses lèvres. Tenu par les gardes, il fut écarté des autres gladiateurs et amené à l'étage inférieur. Avant de quitter la pièce, il lança un regard vers Hadrien plus loin et descendit les marches.

Ce dernier avait craint une plus vive réaction de la part d'Arius. Il n'avait pas compris un mot de ce qui s'était dit, mais Seylan avait répondu au général Caius, chose dont il aurait dû hautement s'abstenir. Caius aurait pu exiger sa mort pour moins que ça. Il se rassurait de l'avoir vu partir avec les gardes par les escaliers qui le mèneraient aux chambres des esclaves au rez-de-chaussée. Contrairement aux cellules spartiates des quartiers des gladiateurs, ces pièces étaient meublées de façon plus confortable. Non seulement chaque esclave au service du ludus Valerius avait son lit et non une couche, mais il bénéficiait aussi d'un coffre où pouvaient être entreposés ses objets personnels. À travers la demande de Seylan et son regard, Hadrien avait compris qu'il l'attendrait dans cette chambre ce soir. Arius avait répondu à sa requête sans réfléchir, sans mesurer que Déimos ne convoitait pas seulement un lit confortable, mais bien plus qu'il ne pourrait jamais lui offrir. Hadrien voulait maintenant croire que sa requête était une invitation silencieuse et dissimulée à le rejoindre quand il le pourrait. Hadrien y répondrait, dût-il utiliser de la marjolaine pour faire dormir Arius et tous ses invités.

Le vin coula à flots, l'ivresse gagna les convives et, au fil des heures, Hadrien ne fut guère étonné de voir Arius partir avec Cairneth. Il était désolé pour le gladiateur et ne pouvait intervenir comme il l'avait fait le matin même avec Seylan. De son côté, il s'impatientait de pouvoir se libérer de ses obligations d'hôte pour le rejoindre au rez-de-chaussée. Un garde serait posté devant sa porte, mais peu lui importait. Les employés et esclaves de la maison savaient que leur vie dépendait aussi de leur discrétion.

* * *

Dans une chambre située au rez-de-chaussée dans les quartiers des esclaves, Seylan tournait en rond. Il entendait encore quelques bruits provenant de l'étage, devinait que les célébrations se poursuivaient. Il rageait de l'intervention du militaire. Son grade de général ne lui permettait pas pareille arrogance selon Seylan qui regrettait de ne pas l'avoir croisé sur les champs de bataille de Calédonie. Il s'assit sur le lit, apprécia le confort de son matelas plus épais. Il saisit du raisin sur un plateau et en croqua quelques grains. Au moins, Arius avait tenu parole et lui permettait de passer sa nuit dans une chambre plus confortable. Il espérait qu'Hadrien avait compris son message, sa demande indirecte. Le rejoindrait-il jusqu'ici ? Passerait-il sa nuit avec lui ? Cette seule idée faisait naître des frissons le long de son corps. Il ne pouvait trouver le sommeil et cette attente semblait le ronger de l'intérieur. Il entendit alors de l'autre côté des murs :

— Ne laissez entrer personne. Sous aucun prétexte.

— À vos ordres.

Seylan se redressa assis sur le lit, ravi par la voix d'Hadrien. Il le vit entrer dans la pièce et se leva aussitôt, le cœur battant. Le fils du Consul avait capté son message et descendait dans le quartier des esclaves pour le retrouver.

Hadrien referma la porte sans quitter Seylan du regard. De le voir enfin seul venait de ranimer la fièvre qui l'avait pris la veille. Toutes ces heures loin de Seylan avaient semblé durer une éternité et Hadrien savait que chaque heure partagée avec lui s'écoulait telles des secondes. Son ordre au garde concernait tous les invités, mais il savait qu'Arius pourrait arriver à tout moment. Il était prêt à prendre ce risque tant ses émotions lui faisaient perdre la raison face à Seylan. Il s'approcha de lui, son regard vert brillant dans le sien et avoua d'une voix basse :

— Je n'ai eu de cesse de penser à toi et au goût de tes lèvres.

Ces seules paroles réchauffèrent le corps de Seylan. Son regard ne quittait déjà plus Hadrien et se régalait de parcourir sa silhouette dissimulée sous sa toge de couleur rouge orangé. Le fils du Consul avait le don de lui faire oublier toutes ses rancœurs envers les Romains, sa conversation fâcheuse avec le général. Il s'approcha de lui, incapable de rester à distance. Les parfums d'Hadrien l'attiraient, pénétraient les murs de la pièce ainsi que son âme. Son audace fut telle qu'il ramena ses lèvres sur les siennes dans un baiser aussi impatient que profond. Il lâcha un léger soupir de satisfaction après avoir attendu si longtemps pour l'embrasser. Il le sentit alors répondre, prolonger ce contact, perçut son corps se presser au sien et ses bras s'enrouler autour de son cou. Son cœur frôlait l'arythmie tant il cognait dans sa poitrine. Savoir le fils du Consul aussi réceptif, nullement repoussé et outré par son assaut insolent, amplifiait ses sensations. Une de ses mains avait rejoint sa joue et découvrait le velouté parfait de sa peau rasée. Son bras l'enveloppait et le maintenait contre lui. S'il mourait le lendemain, Seylan aurait au moins connu le délice des lèvres divines d'Hadrien. Il n'était qu'un esclave et se permettait de prendre possession d'un Romain. Seuls les murs autour d'eux le protégeaient d'une sentence capitale et irrévocable. Peu lui importait en cette seconde. Il rompit le baiser par manque de souffle, mais ne relâcha pas pour autant son emprise sur Hadrien. Son regard pétillant d'admiration et de désir redessinait les traits fins de son visage, la ligne parfaite et courbe de ses sourcils dorés, la longueur de son nez, le vert éclatant de ses prunelles. Son pouce effleura ses lèvres qu'il venait de savourer. Il prenait le temps de le contempler, d'apprécier cet instant qui suivait leur premier vrai baiser. Il se dégageait une pureté innocente du regard d'Hadrien, une limite infranchie qui lui permettait encore d'idéaliser certains événements de la vie.

— Je suis heureux que tu sois venu, lui dit-il enfin.

Hadrien tremblait sous les effets des émotions enivrantes qui le parcouraient. Si l'amour était responsable de la fièvre qui le prenait, il s'y laisserait aller sans quémander de remède à ses maux. Ce qui se disait était vrai, Seylan était aussi puissant que le dieu Mars et plus beau qu'Apollon devait l'être. Jupiter le foudroierait d'un tel blasphème, mais Hadrien n'en avait que faire. Ses doigts fins glissèrent sur la joue de Seylan, sur sa peau délicate et veloutée.

— J'ai eu peur que le Gaulois ne te blesse, jamais je n'ai craint autant pour la vie d'un de nos gladiateurs. Ta vie m'est si précieuse…

Seylan esquissa un léger sourire sur ces mots qui ne cessaient de créer plus de frissons, plus de réactions enflammées en lui. Son envie d'embrasser Hadrien devenait permanente, tout comme celle de le garder dans ses bras. Pourtant, il gardait en tête que ce moment aurait une fin et qu'il devrait s'armer de patience. Il préférait pour l'instant ne pas y songer et se concentrer sur la beauté d'Hadrien et de ses mots. Ses doigts glissèrent à travers ses mèches d'or et apprécièrent leur douceur.

— J'ai fait durer le combat comme Commidus me l'a ordonné. Quant à ma vie, elle t'appartient. Tu peux faire de moi ce qu'il te plaît.

Les Dieux savaient qu'Hadrien avait bien des idées pour disposer de la vie et du corps de Seylan. Il ne résista pas au besoin de l'embrasser, de goûter à la douceur de ses lèvres et son nez fin vint doucement se frotter au sien avant qu'il ne reprenne :

— Si ta vie était mienne, je t'affranchirais pour que tu n'aies plus à combattre.

Hadrien glissa sa main sur son épaule, le long de son bras et rajouta :

— Et je n'aurais guère à me cacher pour venir à toi. Arius me tuerait s'il apprenait que je suis ici alors que je lui refuse ce que je t'offre.

Seylan riva ses yeux dans ceux d'Hadrien suite à ces paroles.

— Je le tuerai s'il ose poser une main sur toi.

Hadrien fut touché par ses mots et surtout par leur sincérité. Lui, fils d'un grand Consul, donnait toute sa confiance à un esclave celte contrairement à ceux de son rang ou de son sang. Sa main trouva celle de Seylan qu'il ramena sur sa propre joue pour en capter la douceur et la chaleur.

— Je prierai les Dieux pour qu'une telle chose n'arrive jamais.

Il retourna l'embrasser et se créa de doux frissons d'ivresse. Jamais Hadrien n'aurait cru possible une telle exaltation avec une autre personne. Cupidon l'avait frappé d'une de ses flèches et s'incarnait à travers Seylan. Il se pliait à son désir, aux émotions brûlantes qui le traversaient. Ses doigts fermés sur la nuque de Seylan, il se recula à peine, son regard émeraude brillant dans le sien. Son esprit échauffé lui rappelait que Seylan était à moitié nu, son torse découvert contre le sien dissimulé sous sa toge. Il maudit alors cette fine étoffe de se dresser entre le corps attirant de Seylan et lui. Sans le quitter du regard, il remonta ses mains le long des plis de son vêtement jusqu'à le faire glisser de ses épaules. Ce dernier tomba sur ses pieds et Hadrien se retrouva nu. Une brise fraîche lui rappela son manque d'assurance, sa gêne d'être ainsi découvert aux yeux de Seylan. Hadrien n'avait pas sa musculature, son corps si parfait et maintenant dénudé, il n'y avait plus de différence entre leur statut de maître et d'esclave.

— Acceptes-tu que je passe une partie de ma nuit avec toi ?

Le regard de Seylan brilla de mille feux. Son corps s'embrasa devant la nudité d'Hadrien. Les lèvres entrouvertes, il avait cessé de respirer, interloqué, subjugué par la beauté du fils du Consul. En plus d'être doté de toutes les vertus, Hadrien était d'une rare beauté, d'une beauté à l'image des Dieux. Il en tremblait de désir, d'attirance et d'admiration. Pouvait-il exister plus bel homme sur terre ? Il en doutait. Ses doigts effleurèrent sa peau sur son épaule, glissèrent sur son torse, timides, prudents. Ses mains de guerrier qui avaient fait couler le sang se purifieraient-elles au contact de la peau si douce d'Hadrien ? Il l'espérait, mesurant ce que le fils du Consul lui offrait en cet instant. Son regard retrouva le sien, lui assura son entière dévotion autant que ses émotions. Le revers de ses doigts caressa la gorge d'Hadrien avant de retourner sur son torse.

— Rien ne saurait me rendre plus heureux.

Sa main se glissa dans la sienne. Il le tira jusqu'au lit, Hadrien s'y allongea et Seylan le rejoignit sans attendre en s'accoudant près de lui. Ses lèvres se pressèrent aux siennes dans un baiser passionné, à la hauteur de ce qui brûlait en lui à l'égard d'Hadrien. Ce dernier s'abandonna à son assaut alors que sa fièvre avait grimpé dès leur proximité retrouvée. Sa main sur sa joue, ses lèvres s'ouvraient et se fermaient contre les siennes, les capturaient, les dégustaient. Il n'existait aucune saveur aussi délectable que les lèvres de Seylan. Le velouté sous ses doigts n'avait d'égal que sa douceur et, si Hadrien n'avait aucune expérience quant aux plaisirs de la chair, son corps le guidait à travers ses besoins déraisonnés. Il sentait un plaisir extatique contre le corps de Seylan. Son sang bouillant semblait devenir lave dans ses veines et Hadrien mesurait combien les frissons qui parcouraient son entrecuisse signifiaient des exigences nouvelles et ardentes. Seylan le faisait bander et de sa peau suintait la passion dévorante qui l'animait. Il recula son visage du sien, la respiration anarchique et le regard éclatant d'émotion. Il mesurait combien ce moment était condamnable, mais préférait mourir que de devoir s'éloigner de Seylan. Il ramena sa main sur celle de Seylan posée sur son flanc et la descendit lentement vers son entrecuisse avant de murmurer :

— Je veux que tu sois le premier, Seylan... Avant qu'on ne m'oblige à honorer une femme.

Les battements de son cœur étourdissaient Seylan tant ils étaient puissants et résonnaient en lui. Les confessions inattendues d'Hadrien, sa demande, le firent trembler davantage. Il n'aurait pu être plus comblé. Se savoir ainsi désiré, aimé renforçait ses émotions pour le fils du Consul. Il était son maître et il aurait pu lui demander de se damner, il l'aurait fait sans hésitation en cet instant. Nul n'avait eu pareil pouvoir sur lui, pas même son père qu'il chérissait et respectait plus que quiconque. Sa main ramenée entre les cuisses d'Hadrien, ses doigts frôlèrent son sexe. Il sentait Hadrien tressaillir contre lui, ses mains parcourir son buste, s'arrêter sur son torse et ses tétons durcis par le désir. Son souffle s'arrêtait parfois pour contenir la tempête qui s'annonçait au creux de son ventre. Le fils du Consul n'avait connu aucun homme, aucune femme, n'avait jamais goûté à la chaleur d'un corps contre le sien. Seylan l'avait entendu à travers ses derniers mots, mais il le lisait dans ses yeux. Rivé sur lui, attentif, impatient et incertain, son regard devinait quelques appréhensions. Hadrien n'avait pas à craindre de lui malgré son statut de gladiateur. Il restait un homme bon en dépit des facultés de guerrier qu'on lui attribuait. Ses doigts et sa paume se fermèrent sur son membre et entreprirent de lents va-et-vient, assurés du désir qu'ils sentaient dans leur découverte.

— J'y mettrai toute mon âme, répondit-il dans un souffle brûlant.

Seylan ponctua sa réponse par un tendre baiser tandis que le corps d'Hadrien tremblait sous ses premiers assauts. Il recueillit l'un de ses soupirs entre ses lèvres, se l'appropria. Jamais il n'avait connu plaisir aussi grand, euphorie aussi puissante à toucher et parcourir un corps. Les Dieux n'avaient pas donné aux hommes tant d'atouts physiques pour les priver de pareille extase. Ils avaient été créés pour se battre, semer la graine de la vie et rivaliser avec leurs congénères. Quel homme saurait aimer Hadrien comme il le méritait si ce n'était lui ? Seylan ne cessait de le dévisager à présent, de graver ce moment dans sa mémoire. Les mains d'Hadrien s'égaraient sur son corps, sur son dos ou ses fesses et le plaisir n'en était que plus fort. Il l'entendait étouffer ses soupirs afin de ne pas attirer l'attention des personnes à l'extérieur. Hadrien tremblait, se tenait à lui. Il le voyait sous l'emprise du plaisir qu'il lui offrait avec toute sa dévotion, le sentait s'agripper à lui et ce fut quand Hadrien fondit son visage dans son cou dans une succession de soubresauts que Seylan comprit l'apogée de son extase. Il en trembla, brûlant de sentir le sperme chaud et doux d'Hadrien se répandre sur sa main. Celui-ci se recula à peine, son regard dans celui de Seylan, fébrile et incapable de parler après la tempête de plaisir qui venait de souffler sur lui. Tout s'était passé bien trop vite tant il s'était laissé aller dans les bras de son amant. Ses lèvres entrouvertes, son souffle chaud venait se mêler au sien et ses doigts fragiles, épuisés, restaient sur sa joue humide. Comment pouvait-il exister pareils plaisirs sans qu'Hadrien n'y ait jamais goûté si ce n'est en solitaire ? À une crainte qui la traversa, Hadrien demanda d'une voix éreintée :

— Promets-moi que jamais tu ne toucheras un autre.

Seylan respirait avec difficulté. Avoir été témoin du plaisir et de la jouissance d'Hadrien représentait bien plus qu'un privilège ou qu'un honneur, c'était un cadeau des Dieux. Il possédait à présent son innocence, le sentait sur ses doigts. Le regard d'Hadrien en cet instant lui dévoilait des craintes légitimes, mais inutiles. Le fils du Consul avait eu son corps, son cœur et son âme dès qu'il avait posé ses yeux sur lui. Comment pouvait-il faire pareille promesse en étant esclave, au service de la famille d'Hadrien ? Sa volonté ne lui appartenait même plus.

— Tout ce que j'ai t'appartient déjà.

Seylan ne mentait pas. Tels étaient ses sentiments envers Hadrien. Les Celtes n'étaient pas réputés pour leur excellence en amour et en démonstrations, mais ils respectaient ces liens et savaient reconnaître ce sentiment puissant.

Hadrien se redressa sur son coude pour prendre un peu de hauteur. Son corps nu resta contre celui de Seylan, profita de sa chaleur, de sa douceur, et sa main possessive partit sur le ventre plat et musclé de Seylan. Il suivit son geste des yeux, remonta lentement ses doigts sur sa peau veloutée. Hadrien frissonnait de découvrir ainsi le corps de Seylan qui se laissait faire.

— Je ne peux rester jusqu'à l'aube, confia-t-il malgré sa volonté.

Son regard remonta dans le sien.

— Mais sache que chacune de mes pensées est pour toi et cet instant que nous venons de partager.

Seylan ne cessait de frissonner sous la main d'Hadrien. Celui-ci nourrissait son désir pour lui, cette flamme dont il avait parlé à Cairneth et qui le consumait sans relâche. Ce moment aux côtés du fils du Consul valait plus que tout le reste. Il savait néanmoins que leurs statuts opposés les obligeaient à se séparer et Hadrien devrait s'éloigner une fois de plus. Quelle enivrante perception que les doigts d'Hadrien sur son ventre, sa poitrine ! Les siens retraçaient les courbes de son visage fin, la ligne que formait sa mâchoire. Peu importait que cette première étreinte ait été si brève et si chaste. Il pressa ses lèvres contre les siennes, se délecta de leur parfum un instant de plus avant de se reculer.

— Je ne pense déjà qu'au moment où je te retrouverai de nouveau. Fais attention à toi, Hadrien.

Hadrien se recula et quitta le lit pour se revêtir. S'éloigner de Seylan lui déchirait le cœur, mais il tenait bien trop au sien pour prendre le risque que son frère le lui arrache s'il le découvrait ici. Il imprima l'image de son gladiateur dans son esprit, posa un dernier baiser sur ses lèvres et quitta la chambre sans un mot. Sa patience serait mise à rude épreuve jusqu'à la prochaine fois où il se réfugierait dans ses bras.

* * *

Des cris arrachèrent Hadrien à son sommeil. Il ne rêvait pas. Une voix s'élevait, déchirait le silence de la villa en réponse à des coups qui claquaient. Il se redressa et rejoignit le balcon avant de se figer net. Seylan était attaché à deux poteaux de bois et Commidus le flagellait du cuir fin et meurtrier de son fouet.

— Arrêtez cela, ordonna-t-il aussitôt.

Dans la cour, Commidus arrêta, mais près d'Hadrien, Arius fit signe à Commidus de poursuivre. D'autres coups de fouet claquèrent contre la peau si délicate de Seylan qu'Hadrien vit se cambrer sous la douleur. Son sang tachait le sable et ses poings s'étaient violemment serrés. Hors de lui, il regarda son frère :

— Arius ! Qu'a-t-il fait pour mériter ce châtiment ?

Ce dernier ne bougeait pas, ses mains posées sur le muret de pierre face à lui. Toute son attention était portée sur l'esclave celte qui avait osé l'offenser et qui en payait le prix. Il répondit simplement :

— Je n'ai pas à me justifier. Il n'a pas obéi à mes ordres et doit être puni.

Hadrien prit son bras pour le tourner vers lui.

— Arrête, Arius ! Par Jupiter, fais cesser cela !

Arius se dégagea et fixa son frère, le regard froid et méprisant.

— Oppose-toi encore une fois à ma volonté et c'est toi que je fais fouetter !

Hadrien écrasa son poing contre la joue d'Arius face à tous les gladiateurs plus bas qui assistaient à la punition de Déimos. Son frère se redressa, la lèvre meurtrie par cet assaut insolent et serra les dents. Jamais Hadrien n'avait levé la main sur lui. Comment se pouvait-il que le petit frère boiteux se rebiffe contre lui ? Son regard se fit noir de colère. Il venait de l'humilier devant ses esclaves et ses gardes. À son tour, son poing le percuta et, plus léger et moins costaud, Hadrien vacilla contre le mur opposé.

— Ne t'avise plus de me toucher !

Il recula et détourna les yeux sur Commidus en contrebas avant d'ordonner :

— Vingt de plus et cela suffira !

Hadrien sentait le goût métallique de son sang couler dans sa gorge, mais cela n'était rien en comparaison de la souffrance qu'il ressentait de voir Seylan se faire fouetter.

— Dis-lui d'arrêter, Arius, ou je préviens père de tes désirs pervers à mon égard.

Arius regarda son frère sur ces mots auxquels il ne s'attendait pas.

— Commidus ! appela-t-il sans quitter Hadrien du regard.

Les coups de fouet cessèrent et Arius saisit Hadrien par le bras pour l'entraîner violemment dans la chambre. Il n'avait aucun mal à prendre le dessus sur son cadet. Hadrien n'avait ni sa force, ni son poids. Il le jeta sur le lit, son regard sur lui.

— Tu oses me faire du chantage ? Tu oses me défier devant nos esclaves et nos gardes ?

Il regarda l'un d'entre eux :

— Amenez-moi un fouet !

Il regarda Hadrien :

— Je vais t'apprendre à me manquer de respect !

Un homme approcha, celui-ci d'un âge avancé à en croire ses cheveux et sa barbe grisée.

— Je ne ferais pas ça à ta place, Arius, dit-il.

Ce dernier regarda Auxilius se tenir à l'entrée, ses mains dans le dos. Il n'aimait guère le vieil homme employé par son père comme précepteur pour Hadrien.

— Je n'ai nul besoin des conseils d'un vieil imbécile comme toi pour me dicter ma conduite.

Un des soldats tendit à Arius le fouet demandé, mais Auxilius reprit :

— Tu es un légat, un homme apprécié de tous, bon et juste. Vas-tu battre ton propre frère handicapé pour un désaccord dont tu devras répondre devant ton père ?

Arius resserra son poing autour du fouet et détourna son regard sur son frère jeté sur le lit. Ce dernier soutenait son regard. Il n'aimait pas recevoir de recommandations, encore moins venant d'un employé, mais Auxilius n'avait pas tort. Sarrius serait fou de colère s'il apprenait le moindre écart infligé à Hadrien. Sans quitter son frère des yeux, il s'adressa au précepteur :

— Si je suis aussi bon qu'on le dit, pourquoi mon frère ne m'aime-t-il pas ?

Auxilius jeta un regard sur le fils du Consul qu'il connaissait depuis son plus jeune âge. Il savait ce qu'Arius pensait au sujet de son frère, ses désirs incestueux envers lui. Leurs parents absents, Arius laissait libre cours à son caractère impulsif et son ego démesuré. Il devait parler avec sagesse, prendre en considération ce qu'il savait d'Arius.

— Il est encore jeune, répondit-il. Il n'a pas ton expérience.

Auxilius approcha lentement et reprit :

— Arius, ne compromets pas ton avenir sur un acte de colère. Bien des choses t'attendent.

Avec délicatesse, il prit le fouet dans la main d'Arius qu'il sentait tendu, en proie à des émotions négatives qui le traversaient trop souvent. Il le rendit à un des gardes et reporta son regard sur lui.

— Des affaires importantes exigent ton attention. La venue de l'Empereur doit être organisée.

Arius serrait les dents et son regard méprisant restait sur Hadrien. Ce dernier ne mesurait pas la chance qu'il avait qu'Arius pose les yeux sur lui et lui porte tant d'intérêt.

— Tu apprendras à m'aimer quand je serai nommé Empereur, lança-t-il.

Il se tourna et quitta la pièce alors qu'Hadrien se relevait, son regard sur Auxilius dont les paroles sages et mesurées à l'égard d'Arius étaient parvenues à le calmer.

— Merci, fit-il.

Auxilius lui sourit gentiment.

— Je t'en prie. Mais tu devrais savoir qu'il n'est pas sage de le contrarier.

Hadrien le savait, mais n'avait plus répondu de lui en voyant Seylan payer les caprices de son frère. Il se leva et regarda son précepteur.

— Accordez-moi quelques minutes, je dois aller voir l'esclave qu'il a fait fouetter.

— Est-ce bien raisonnable, Hadrien ?

— Ai-je réellement besoin de l'être, Auxilius ?

— Soit... Dans ce cas, dépêche-toi et ne perds pas davantage de temps. Nous avons à travailler tes leçons d'astronomie.

Hadrien acquiesça :

— Je me dépêche.

Il n'attendit pas davantage et se hâta hors de la chambre de son frère pour rejoindre l'Atrium et descendre les marches.

* * *

Deux gladiateurs avaient aidé Seylan à marcher jusqu'à la salle de Medicus. Commidus l'avait suivi pour veiller à ce que le médecin lui apporte les soins qui convenaient. Il n'avait pas été enchanté à l'idée de fouetter Déimos, leur champion. Il ne créait aucun conflit au sein du ludus, ne se querellait pas avec les autres gladiateurs. À présent, il le voyait souffrir en silence, le dos ensanglanté par des entailles profondes que le fouet avait laissées derrière lui. Au total, il en avait reçu quarante-huit. On l'allongea sur le ventre afin que le médecin lave sa peau empourprée.

— Fais en sorte qu'il soit remis au plus vite, ordonna Commidus à Medicus.

— Je ferai ce que je pourrai, dit ce dernier.

Il lança un regard sur Déimos, posa une main sur son épaule et quitta la pièce sans dire un mot de plus.

Seylan se forçait à penser à Hadrien, à leur nuit partagée, au plaisir qu'il lui avait donné. La douleur qui brûlait son dos lui rappelait ses lambeaux de chair déchirés par le fouet. Il serrait les dents, la respiration courte. Arius finirait par payer sa cruauté et sa lâcheté. Un homme tel que lui ne pouvait vivre sans ennemi. Pourtant, il ne regrettait pas son refus face à lui. Il avait voulu le soumettre, le violer. Son caractère fier et digne l'avait poussé à désobéir. Jamais il n'aurait pu coucher avec Arius en sachant que celui-ci convoitait la couche d'Hadrien, son propre frère. Il ramena son poing entre ses dents et le serra quand il sentit le tissu humide de Medicus passer sur les longues estafilades qui zébraient son dos. Il poussa un profond soupir lorsque la fraîcheur de l'eau coula sur ses chairs embrasées. Medicus lui tendit une coupe de bois.

— Bois ça, tu souffriras moins.

Il se tourna avec difficulté et saisit la coupe qu'il avala sans hésiter. Le goût fut désagréable, mais il préférait cela à la douleur. Il se rallongea sur le ventre, bras croisés devant lui afin d'y reposer son front. Son regard fut très vite attiré par l'arrivée d'Hadrien dans la pièce et son cœur s'affola malgré la douleur.

Hadrien sentit le sien se serrer de constater l'état dans lequel Seylan se trouvait à cause d'Arius. Il le détestait plus que jamais en cette seconde, souhaitait sa mort. Il s'approcha de la table où Seylan était allongé et ne put s'empêcher de poser sa main sur son épaule afin de lui montrer sa présence et sa compassion. Il regarda Medicus.

— Donne-lui les meilleurs soins, compris ?

Medicus hésita.

— Quand vous dites, les meilleurs...

— Les meilleurs, répéta Hadrien plus ferme. Il ne doit pas souffrir et fais en sorte que ces coups de fouet ne marquent pas son dos de cicatrices.

— Comme vous voulez, Dominus.

Medicus partit vers une autre pièce où étaient entreposées toutes ses potions et autres mixtures dont lui seul avait le secret en temps que médecin du ludus. Près de Seylan, Hadrien en profita pour ramener sa main sur sa joue et dit tout bas :

— Je suis désolé qu'il t'ait infligé pareil supplice. Que s'est-il passé, Seylan ?

Seylan ne voulait voir l'affliction qu'il constatait sur le visage d'Hadrien. Il n'aimait pas voir ses traits tirés. Hadrien faisait preuve d'une grande compassion pour un Romain. Arius et lui étaient si opposés. Il se tourna dans un mouvement délicat afin de ne pas éveiller davantage de douleur et ramena sa main sur celle d'Hadrien.

— T'a-t-il fait du mal ? renvoya-t-il.

— Le seul mal qu'il puisse me faire est de t'atteindre. Rien n'est plus douloureux que de voir souffrir la personne qui a gagné notre cœur, confessa Hadrien.

Celui de Seylan ne cessait de cogner plus fort sur ces paroles réconfortantes. Il esquissa un léger sourire tandis que Medicus revenait avec des onguents et récipients.

— Il lui faudra plus que des coups de fouet pour avoir raison de moi. Dans quelques heures, j'irai déjà mieux.

Il ramena ses lèvres sur la main d'Hadrien afin de goûter discrètement à la douceur de sa peau. Son parfum effaçait celui de son sang et calmait la douleur mieux que tous les remèdes de Medicus.

Hadrien vit à travers le regard de Medicus toute sa surprise et son recul face au baiser que Seylan venait de poser sur sa main. Il règlerait ce détail plus tard puisque toute son attention était portée sur Seylan.

— Je dois partir. Mon précepteur m'attend, mais je te ferai porter des fruits par Luria.

Seylan acquiesça d'un léger signe de tête et le vit quitter la pièce. Il savait qu'en venant en ces lieux, Hadrien prenait un gros risque, tout comme lorsqu'il l'avait entendu donner l'ordre d'arrêter les coups de fouet. Malheureusement, il n'avait pu voir ce qui s'était déroulé par la suite à cause de la douleur accrue par le fouet. Il reposa sa tête sur ses bras et serra les dents sur les soins que Medicus lui prodiguait. Il redoutait de savoir Arius près d'Hadrien. Ce Romain prouvait toutes les tares humaines à travers ses réactions de lâche. À l'extérieur, il entendait les bruits que faisaient les glaives de bois en se heurtant. L'entraînement se poursuivait sans lui. Une fois de plus, il se retrouvait seul, enfermé entre ces murs de malheur, après avoir été fouetté comme une bête, rendu au rang d'animal. Mais qu'en aurait-il été s'il avait autorisé Arius à poser ses mains sur lui ? Il préférait mourir plutôt que de sentir ce scélérat prendre possession de son corps.

* * *

Hadrien rejoignit l'atrium et entra dans le tablinum situé près de sa chambre où Auxilius lui dispensait chacune de ses leçons, Auxilius dont la précieuse intervention l'avait protégé de la folie grandissante d'Arius. Jamais Hadrien ne l'avait vu dans pareille colère et remerciait son professeur d'avoir osé l'affronter. En tant qu'ami proche de son père et ancien esclave grec, Auxilius les avait vus naître, Arius et lui. Il était comme un deuxième père quand le sien s'absentait pour Rome. Auxilius les avait éduqués dès leur plus jeune âge, leur avait appris les lettres, les Syllusbes, les mots ainsi que les bases du calcul et de la rhétorique. Mais Hadrien savait que l'éducation que lui donnait Auxilius était très différente de celle donnée à Arius. Son frère, valide, était parti à l'armée, avait suivi un cursus militaire et davantage centré sur la politique. De son côté, Hadrien ne se lassait pas d'apprendre tout ce qu'Auxilius lui enseignait : géométrie, poésie, art, chimie, astronomie, histoire, littérature, physique et toutes les autres matières ayant attrait à différentes religions. Auxilius lui répétait que le pouvoir appartenait à ceux qui avaient la connaissance, car du savoir résultait deux choses : l'humilité de vouloir apprendre et la faculté d'émettre de bons jugements.

Il le vit assis devant un bureau, une plume à la main et l'encrier devant lui.

— Comment va ton ami ? demanda ce dernier en relevant ses yeux sur Hadrien.

Hadrien prit place près de lui, la mine fermée et inquiète.

— Ses blessures sont profondes et il en gardera certainement des cicatrices. Je maudis Arius et sa soif de pouvoir. Il me le paiera.

— Ton désir de vengeance est légitime, mais tu dois le maîtriser. Patience, le temps viendra où Arius pliera devant toi.

— Quand ? Une fois qu'on m'aura fait épouser la fille de Trajan ? demanda-t-il.

— En partie, oui.

— Et si Domitien faisait de lui son successeur ? renvoya Hadrien. Avez-vous la moindre idée de ce qu'il me fera endurer ? De ce qu'il fera à chacune des personnes sous ses ordres.

— Domitien est un empereur, mais aussi un homme sage, cultivé qui n'apprécie guère qu'on lui force la main. Il ne nommera jamais ton frère comme successeur, sois-en sûr.

Hadrien ne savait quoi penser. Le retour de son frère lui avait permis de rencontrer Seylan, mais il priait désormais le Dieu Mars pour qu'il le rappelle à la guerre et l'éloigne du ludus Valerius.

* * *

Assis sur la couche de sa cellule, Seylan gardait une étoffe de lin sur le dos comme Medicus le lui avait demandé. Le tissu était supposé maintenir la pommade contre les plaies afin de les soigner. Le médecin n'avait pas eu besoin de recoudre sa peau, mais n'avait eu de cesse de lui faire boire ses élixirs. Son esprit semblait flotter dans du coton, une agréable sensation qui estompait les douleurs et qui freinait ses réflexions au sujet d'Hadrien et de son frère. Plus tôt, Luria, l'esclave d'Hadrien, lui avait apporté un petit sac de fruits accompagné d'un message rassurant. Malgré son état second dû à l'opium que Medicus lui avait donné contre la douleur, il songeait à Hadrien. Il se plaisait à se souvenir de la nuit précédente, des parfums de sa peau, de son regard éclatant, de ses soupirs de plaisir. Pourquoi les Dieux avaient-ils provoqué leur rencontre dans pareilles conditions ? Seylan croyait en la volonté de ses Dieux, mêlée à la sienne. Son père lui avait appris à discerner des signes que lui envoyaient les Dieux. Il avait tenu à lui enseigner que nul ne le guiderait mieux que lui-même. Plus d'un an après sa capture, il était en vie et goûtait à l'euphorie d'émotions puissantes. Les Dieux lui avaient-ils fait connaître l'exaltation pour le rappeler à eux ? Devait-il mourir bientôt ? Il ne songeait pas à cette question. La mort faisait partie intégrante de sa vie, depuis son plus jeune âge.

— Arius ne supporte guère qu'on se refuse à lui, fit Cairneth sur le seuil de la cellule de Seylan.

Seylan releva ses yeux sur le Celte et le détailla un instant, accoudé à ses cuisses. Il les reporta sur la coupe dans sa main et but quelques gorgées d'eau. Cairneth avait compris la raison de sa convocation plus tôt en début de journée. Seylan devinait donc que le Celte avait eu, lui aussi, droit aux faveurs d'Arius.

— Mes services trouvent leurs limites dans chaque chose, répondit-il à Cairneth.

Cairneth l'observa un moment depuis le seuil de la cellule. Il avait vu le supplice de Seylan dans la matinée, comme tous les autres. Aucun n'avait émis de commentaire quant à ces coups de fouet. Tous admettaient en silence le courage et l'honneur de Seylan. Ses premiers combats avaient prouvé sa valeur, mais le voir ainsi serrer les poings sous les coups de fouet avait touché chaque gladiateur à sa manière. Cairneth approcha d'un pas lent et s'assit près de lui en lui tendant une petite bourse de cuir.

— Dix sesterces, fit-il. Je te les dois. J'ai parié contre toi hier soir, j'ai eu tort.

Seylan fut surpris et jeta un œil sur la bourse. Il esquissa un léger sourire, amusé par les aveux de Cairneth. En tant que Celte, il savait combien il était difficile d'admettre ses torts.

— Garde-les, répondit-il. Bientôt, je les ferai pleuvoir.

Cairneth se mit à rire sur cette remarque arrogante et assurée.

— Je resterai le champion d'Aquilée avec ou sans ta pluie de sesterces.

Seylan gardait son léger sourire sur l'insistance et l'attachement que Cairneth démontrait à l'égard de son titre. Il but une gorgée d'eau et se replongea dans ses pensées diverses. Les soins répétés de Medicus le maintenaient dans un calme reposant. Il entendit la voix de Cairneth reprendre avec plus de sérieux :

— Pourquoi ne m'as-tu pas dit qui tu étais ?

— Quelle différence cela aurait-il fait ? demanda Seylan en relevant ses yeux sur Cairneth.

Cairneth avait envié Seylan et l'enviait encore pour avoir eu le courage et la dignité de refuser les avances d'Arius. Il était un exemple pour leur peuple, même ici, à l'autre bout de l'empire.

— Le nom de ton père résonne jusqu'aux terres d'Hiberia, de l'autre côté de la mer. Il a été à l'origine de l'alliance de toutes les tribus. Tu es le fils d'un chef redouté par tout l'Empire. Les Romains ont plus d'égard envers les descendants d'une lignée de roi.

— Je ne suis ni prince ni roi et mon sang est calédonien, comme le tien, comme l'est celui des nôtres, rappela Seylan en détournant son regard. Être le fils de mon père ne m'apporte pas plus d'égard qu'être gladiateur, dans ce maudit pays.

Cairneth comprenait les paroles de Seylan. Les Romains pouvaient être imprévisibles, changeants. La veille, il avait vu le regard que le Général Antelius avait porté à Seylan, y avait lu son mépris, sa volonté de l'humilier.

— Tu es ici depuis combien de temps ? demanda Seylan.

— Trois ans, quatre mois et onze jours.

Seylan regarda Cairneth après cette réponse précise. Il ne savait pas s'il devait s'en amuser ou compatir. Compter les jours signifiait attendre, espérer une chose qui ne viendrait peut-être jamais. Il lui tendit sa coupe. Pour leur peuple, ce geste représentait plus qu'un simple partage. Permettre à l'autre de boire son vin équivalait à l'accepter comme ami. Dans ces circonstances, il n'avait que de l'eau, mais peu importait.

— À nos pères.

Cairneth jeta un œil sur la coupe et regarda Seylan, hésitant. Il finit par pincer un sourire discret et la saisit avant d'en boire une gorgée.

— À nos pères, fit-il à son tour.

* * *

La journée fut longue et après les leçons d'Auxilius, Hadrien rejoignit les terrasses pour constater l'absence de Seylan. Ses blessures l'empêcheraient de le voir et il s'était assuré auprès de Medicus que les meilleurs soins lui avaient été prodigués comme exigé.

Le soleil disparaissait derrière les hauts murs du ludus et la brise d'automne venait rafraîchir la villa et ses habitants. La cour d'entraînement était calme, les gladiateurs dans leurs quartiers et Seylan dans sa cellule, songeait Hadrien. Il n'avait pas revu Arius de la journée et ne s'en plaignait pas surtout après leur face à face de la matinée. Il avait écrit une lettre à son père, l'avait fait expédier par l'un de leurs messagers pour dénoncer le comportement inacceptable d'Arius. Hadrien n'appréciait pas la délation, mais les circonstances exigeaient que son père soit informé du comportement d'Arius et agisse en conséquence.

— Je m'excuse, entendit-il derrière lui.

Hadrien se tourna, les sourcils froncés et vit son frère se tenir près de la porte, contre le chambranle, vacillant. Arius était saoul et sentait le vin à plein nez. Dans ces conditions, Hadrien ne l'encouragerait pas à parler.

— C'est oublié, fit-il pour abréger.

Il mentait, mais que pouvait-il dire pour qu'Arius s'en aille et le laisse tranquille ? Malgré lui, ce dernier approcha et prit ses mains dans les siennes.

— Pourquoi faut-il que tu sois si cruel... avec moi ?

Hadrien se tendit de le voir faire et à cette heure tardive, Auxilius ne viendrait pas s'interposer entre eux.

— Qu'ai-je fait pour t'entendre dire pareille idiotie, Arius ? renvoya-t-il.

— Tu me rejettes, dit Arius... Tu ne m'aimes pas.

— Tu es mon frère et je t'aime comme un frère.

— Et n'y a-t-il pas d'amour aussi sincère... désintéressé... que celui deux frères ?

Hadrien était exaspéré et préféra couper court.

— Tu devrais rejoindre ta chambre et te reposer. L'Empereur sera là dans deux jours.

— Cesse de me dire ce que je dois faire ! se tendit Arius

L'haleine d'Arius empestait le vin et Hadrien se recula.

— Tu es ivre, Arius.

Mais ces mots accentuèrent l'agacement d'Arius qui ramena

sa main sur la gorge d'Hadrien, le regard plus dur, plus froid, empreint d'une étincelle de folie qu'Hadrien connaissait. Celui-ci lui enserra le poignet de ses deux mains, mais Arius le poussa violemment sur son lit avant de se jeter sur lui et de le bloquer sur la couche.

— Tu n'as pas d'ordre à me donner... Je suis l'aîné. Tu me dois obéissance et respect !

D'un geste vif, Hadrien voulut le repousser, sa main contre son visage. Ce dernier se recula à peine, leva le poing sans hésitation et l'abattit sur la mâchoire d'Hadrien pour l'assommer. Le même scénario recommençait et Arius, trop lourd, plus puissant que lui l'empêchait de bouger. Le coup porté par Arius venait de l'étourdir, l'entraînait aux limites de l'inconscience. Dans l'affrontement, Arius entre ses jambes releva le tissu de sa toge. La seconde suivante il sentit une douleur aiguë le saisir au niveau de l'anus. Son corps se raidit et ses mains s'agrippèrent aux épaules nues d'Arius dans l'espoir de le repousser. Ses lèvres laissèrent perler le sang provoqué par le coup de poing. Arius le souillait, venait de le pénétrer avec violence et la douleur qui l'envahissait était au-delà de toutes celles qu'il avait subies jusqu'alors.

— ARIUS... NON, cria-t-il.

Mais ce dernier ramena sa main sur ses lèvres et le regarda sans cesser ses va-et-vient bestiaux. Son visage ivre suintait face à celui d'Hadrien et sa force de soldat n'eut aucun mal à contenir les vaines tentatives de son frère destinées à le repousser. Suffocant par manque d'oxygène et sous l'emprise de la douleur, Hadrien n'eut d'autre choix que celui de s'abandonner à son sort tragique et à l'aliénation d'Arius.

Chaque assaut en lui semblait le déchirer de l'intérieur. Sa souffrance était telle qu'il aurait souhaité mourir pour ne pas vivre chacune de ces secondes où son frère le violait. Ses yeux se fermèrent et quelques larmes roulèrent jusqu'à ses cheveux d'or. Personne ne viendrait le sauver. Ni son père, ni Auxilius, ni Seylan, personne... Qu'avait-il fait pour mériter pareil supplice, pareille torture de la part de son propre frère ? Son corps était victime des plus bas instincts d'Arius et Hadrien en sentait toute la rage, toute la colère à chaque pénétration. Ses paupières se levèrent, son regard rouge de larmes tourné vers le plafond. Il pleurait, tel un enfant, une femme battue, un pauvre animal mis au supplice. Les secondes s'écoulèrent, plusieurs minutes, jusqu'à entendre le dernier râle de plaisir d'Arius qui se retira de lui. Le calme revint, effrayant, et la douleur perdura, lancinante, terrifiante tandis qu'Hadrien ne bougeait plus, dos au lit. Il avait peur, il avait mal... Tout venait de basculer en quelques minutes et son esprit lui soufflait que son supplice n'était pas terminé. Il se redressa doucement, trouva Arius près de lui, endormi sous les effets de son ivresse. Son regard horrifié, il mesura la violence de ce qu'il venait de subir aux taches de sang recouvrant le lit. Il s'en arracha dans des gestes lents, presque prudents alors que sa souffrance perdurait. Par le plus grand des miracles, il était demeuré conscient alors que la douleur aurait pu l'emporter. Peut-être aurait-il d'ailleurs préféré s'évanouir. Il se couvrit de sa toge et se traîna d'un pas lent, tel un fantôme, vers la porte où il vit un des gardes d'Arius qui n'avait pas réagi, qui ne l'avait pas secouru malgré leur affrontement, malgré ses appels à l'aide. Sa voix cassée par ses émotions, par l'affliction, il demanda :

— Allez chercher Seylan...

Parce que toutes ses pensées étaient tournées vers lui, parce que Seylan était le seul à qui il pouvait se raccrocher après pareille torture. Son amant lui pardonnerait-il pareil affront ?

Devant Hadrien Valerius, le garde afficha une expression incertaine. Du sang s'écoulait le long de la jambe boiteuse de son maître, tachait le sol de marbre alors qu'il ne saisissait pas sa demande :

— Pardonnez-moi, qui est Seylan ?

Hadrien se sentait dans un état second et répondit d'une voix meurtrie :

— Déimos... Allez le chercher, tout de suite !

Le garde acquiesça finalement et partit à travers l'Atrium pour prendre les escaliers et disparaître au rez-de-chaussée. Hadrien sentait ses jambes le lâcher, comme si ces quelques mètres, ces quelques efforts avaient eu raison de lui et des dernières forces qui lui restaient. Il glissa contre le chambranle de la porte, épuisé, désemparé, ses larmes ne cessant de couler alors que le sol où il venait de s'asseoir était souillé de l'acte terrible de son propre frère.

Quand Seylan arriva à l'étage dans l'atrium accompagné par le garde, il aperçut Hadrien sur le sol, sur le seuil de sa chambre. Il se hâta vers lui, inquiet et confus. Les deux esclaves présents dans l'atrium ne disaient rien, semblaient interdits, repliés sur eux-mêmes. Seylan s'agenouilla aux côtés du fils du Consul et lança de manière spontanée :

— Hadrien... Que s'est-il passé ?

Mais son regard fut attiré par le chemin de sang qui partait de ses jambes jusqu'au lit sur lequel gisait Arius endormi. Complètement nu, le bras en dehors de la couche, il n'eut aucun mal à comprendre les raisons de cette scène. Son regard s'assombrit au fil de ses réflexions. Il se reporta sur le visage d'Hadrien, sur ses traits pâles, sans vie, sans éclat. Ses yeux de nature si éclatante ne présentaient plus qu'une nuée de désolation d'un rouge terrifiant.

— Hadrien, répéta-t-il dans l'espoir de se tromper.

Ce dernier le regarda, l'air désolé, désemparé, et ordonna au garde devant eux.

— Laissez-nous.

Mais Seylan ne pouvait rester là sans rien faire. La traînée de sang qui courait le long des cuisses d'Hadrien confirmait ses craintes. Sa respiration plus courte, tremblant de rage, il se redressa, saisit une dague sur la table près du plateau de fruits et se précipita sur Arius. Ce dernier se réveilla sans avoir le temps de comprendre ce qu'il se passait. La main de Seylan couvrit sa bouche. Il voulut se débattre, mais Seylan planta la lame dans son abdomen sans le quitter des yeux. Son cri de douleur fut étouffé par sa main. Les yeux grands ouverts, Arius fixait le Celte. Une main maladroite tenta de l'atteindre au visage, d'envelopper son cou, mais la force de Seylan le maintenait cloué au lit. La fureur qui envahissait Seylan le rendait aveugle, lui brouillait l'esprit au point d'oublier son statut d'esclave. Le geste qu'il venait d'avoir envers Arius, son maître, le condamnait à une mort certaine, mais peu lui importait. Son regard froid et noir dans celui d'Arius, il se pencha sur lui et enfonça un peu plus la lame dans sa chair.

— Sois maudit, fit-il entre ses dents. Que tes Dieux, quels qu'ils soient, n'aient aucune pitié pour toi.

Le corps du Romain se crispa de nouveau, ses mains sans force ne pouvaient repousser la puissance du Celte nourrie par sa haine. Lorsque Seylan le sentit se relâcher, ne plus respirer, il ôta sa main de sa bouche et la dague de son ventre. Ses doigts couverts du sang d'Arius, il détailla le visage sans vie de ce lâche. Il l'avait éventré et ne ressentait qu'une immense aversion à son égard. Il lâcha la dague qui tomba sur le sol, laissa le cadavre d'Arius et retourna auprès d'Hadrien.

Nul ne comptait plus que le fils du Consul en cet instant, que la peine et la douleur qui se lisaient dans ses yeux vert. La vision de son sang lui déchirait le cœur, lui vrillait les entrailles. Il s'agenouilla et le ramena dans ses bras, tout contre lui. Il espérait revoir cette lueur d'innocence, de ravissement dans ses yeux, mais se sentait impuissant face à tant de détresse. Il le ramena contre lui, cala sa tête au creux de son épaule et murmura :

— Personne ne pourra plus te faire de mal, je le jure devant les Dieux.

Hadrien avait entouré ses bras autour du corps de Seylan. Il avait entendu son frère se débattre, savait que Seylan venait de le tuer. N'avait-il pas voulu sa présence pour qu'il le venge et mette un voile sur ce qu'il venait de se passer ? Arius lui avait pris sa fierté, Seylan lui avait donc pris la vie. Arius gisait mort sur son lit, baignant dans son sang, mais aussi dans le sien. Sa mort ne changerait pas ses actes, pensait Hadrien. Il se sentait si mal, si sali… Seuls les bras et la voix réconfortante de Seylan lui permettaient de refaire surface, de sortir de sa torpeur. Il se raccrochait à lui comme un naufragé à un radeau. Il était incapable de parler, demeurait sous le choc autant que la douleur ne cessait de lui rappeler qu'Arius l'avait violé.

Seylan glissait sa main dans ses cheveux souillés de sang. Sa gorge serrée lui faisait mal. Une rage indicible coulait encore en lui, crispait ses muscles, nouait son ventre. Hadrien ne bougeait pas dans ses bras, son corps meurtri, affaibli, il se laissait aller contre le sien. Il releva ses yeux sur un Romain qui approchait, un homme aux cheveux courts, à la barbe grise, vêtu d'une toge blanche. Il fronça les sourcils, anticipa un quelconque châtiment. Il était prêt à tuer tous les Romains qui l'éloigneraient d'Hadrien.

Le Romain en question n'était autre qu'Auxilius qui avait entendu un silence pesant et anormal dans la demeure. Devant l'état de la chambre, le corps éventré d'Arius et celui d'Hadrien dans les bras de Déimos, il n'eut aucune difficulté à comprendre les faits. Il contint son émotion devant son protégé et lança à l'attention de Déimos :

— Porte-le jusqu'à la chambre à côté.

Seylan fut étonné par le manque de réaction chez ce Romain. Celui-ci ne semblait pas vouloir l'écarter d'Hadrien. Il se redressa, cala le fils du Consul dans ses bras et le porta jusqu'à la chambre voisine, comme demandé. Il l'allongea sur le lit et s'assit près de lui sans le quitter des yeux. Jamais Seylan ne s'était senti aussi désemparé. Que pouvait-il faire pour amoindrir la peine dans les yeux d'Hadrien ? Le responsable était mort de ses mains. Ses doigts glissaient dans ses cheveux dorés, sa main dans la sienne. Il la ramena à ses lèvres, posa un doux baiser sur sa paume avant de la plaquer contre sa joue. La plus belle chose qu'il ait eue dans sa vie avait été souillée par ce minable Romain. Il n'osait imaginer les pensées d'Hadrien, ne voulait croire qu'Arius l'ait détruit, que jamais il ne reverrait la lumière dans ses yeux. La grâce des Dieux n'avait-elle pas touché Hadrien pour le faire aussi beau ? Et dans ce cas, pourquoi lui avoir fait subir pareille horreur ? Auxilius mesurait le problème de taille qui s'imposait à lui. Évidemment, il ne savait si Déimos avait tué Arius ou si sa mort était du fait d'Hadrien. Cependant, il mesurait que l'heure n'était pas aux suppositions ni à l'interrogatoire. Il se tourna vers un esclave et ordonna :

— Allez chercher Luria. Faites nettoyer les sols et ramenez une bassine d'eau chaude.

— À vos ordres, répondit l'esclave.

Auxilius s'approcha du lit et regarda Déimos :

— Tu vas devoir retourner dans les quartiers des gladiateurs. Ta place n'est pas ici.

Mais Hadrien réagit sur cette demande et regarda son précepteur.

— Je veux qu'il reste.

Auxilius ne pouvait contredire les ordres d'Hadrien Valerius qui, en l'absence de ses parents et maintenant son frère décédé, était seul à décider de ce qu'il en serait dans la maison Valerius.

— Comme il te plaira, fit-il.

Luria arriva avec un autre esclave qui tenait une bassine et se figea de constater le sang répandu dans la pièce et sur son maître. Elle vit enfin le corps d'Arius, constata la présence de Déimos et comprit très vite qu'un drame était arrivé. Elle avait vu les autres esclaves partir vers la chambre de son maître et avait d'abord cru qu'Arius l'avait tué, mais l'inverse était-il possible ?

— Ne reste pas plantée là, lui dit Auxilius. Nettoie ces horribles taches de sang sur ton maître.

— Oui, Auxilius, fit-elle.

Elle s'approcha du lit, posa sur la couche la bassine que l'autre esclave avait laissée, mais Seylan intervint :

— Je vais le faire.

Luria fut surprise par la remarque du gladiateur qui semblait déterminé à laver son maître. Hadrien ne dit rien et Luria tendit donc le tissu blanc à Déimos. Elle s'écarta sans un mot de plus et partit chercher d'autres bassines d'eau chaude.

Seylan n'aurait pu laisser l'esclave approcher ses mains d'Hadrien. Même si Luria était la servante personnelle du fils du Consul, il ne pouvait accepter qu'un individu autre que lui ne le touche. Il fit baigner l'étoffe dans l'eau chaude et jeta un regard plus froid sur le Romain.

Auxilius comprit qu'il devait quitter la pièce par le seul regard du gladiateur. Il n'avait guère l'habitude d'obéir à des esclaves, mais Hadrien semblait tenir à la présence de Déimos auprès de lui. Les yeux du Celte révélaient à eux seuls le danger qu'il y avait à approcher du fils du Consul en cette seconde. Il céda donc et quitta la chambre.

Seylan releva doucement la toge d'Hadrien sur ses cuisses, mais ne le découvrit pas complètement. Il mesurait le choc que vivait Hadrien à présent, le malaise, la honte et le dégoût qu'il pouvait ressentir. Même guerrier et Celte, il savait qu'un viol pouvait détruire un être. Il essora l'étoffe et la posa sur le mollet d'Hadrien. Dans des gestes lents et délicats, il effaça le sang qui séchait sur sa peau et remontait le long de sa jambe. Son regard partait parfois sur le visage d'Hadrien, s'assurait de son consentement. Si Arius n'était pas mort, il l'aurait torturé pour avoir infligé tel supplice à son frère cadet. Il remerciait Hadrien de son intervention auprès du Romain, pour lui avoir permis de rester près de lui. Il replia son genou afin de glisser le tissu humide sous sa cuisse et y posa un léger baiser, incapable de garder autant de distance. Il en oubliait ses propres blessures au dos dues aux coups de fouet. Celles-ci guériraient et disparaîtraient vite, mais qu'en serait-il de celles d'Hadrien ? La veille, ils avaient partagé une nuit de plaisir, une nuit durant laquelle Hadrien s'était offert à lui. À présent, il tremblait des assauts de son propre frère. Seylan s'efforçait d'écarter cette idée de sa tête, mais ne le pouvait. L'étoffe humide proche de l'entrecuisse d'Hadrien, il guettait maintenant chacune de ses réactions et le sentait se crisper. Il lui demanda, hésitant :

— Veux-tu le faire toi-même ?

Hadrien secoua doucement la tête en signe de refus. Il se sentait épuisé, vidé de toute énergie. Il préférait regarder Seylan, se rassurer de sa présence puisqu'ils étaient seuls à présent. Cependant, Hadrien savait que le corps mort de son frère gisait dans sa chambre, dans son lit. Si son père apprenait que Seylan l'avait tué, il le condamnerait sans attendre à périr de la plus douloureuse des façons. Hadrien ne supportait pas cette idée. Il remonta sa main vers le visage de Seylan et murmura :

— Je dirai à père que c'est moi qui l'ai fait...

Seylan gardait ses yeux sur Hadrien, rassuré de l'entendre dire quelques mots. Même s'il lisait toute sa détresse sur ses traits, il le voyait déterminé à relever la tête. Ces paroles lui rappelaient son geste envers Arius, un geste qu'il réitérerait sans hésitation. Il mesurait les conséquences d'un tel acte pour lui. Le Consul le condamnerait à mort, le ferait d'abord supplicier pour avoir tué son fils. Il ne savait quoi répondre. Hadrien prendrait des risques à sa place. Pourquoi fallait-il que la mort d'un lâche soit punie ? Il préféra ne rien dire, presque honteux de devoir laisser Hadrien assumer. Il détourna ses yeux sur sa tâche tandis que sa main disparaissait sous la toge d'Hadrien afin de laver l'affront et la barbarie de son frère. Il ne voulait plus voir ni sentir une quelconque trace de lui sur son amant.

Hadrien le regardait. Son pouls reprenait un rythme calme, régulier. Seule la vue des traits de Seylan estompait ce sentiment profond de honte. Mais Hadrien avait toujours su que les choses finiraient ainsi avec Arius, hormis son meurtre. Luria apporta une autre bassine, récupéra celle où l'eau avait pris la couleur de son sang. Elle partit et les laissa de nouveau seuls, mais ni l'un ni l'autre ne parlèrent. Hadrien se contentait des regards rassurants que Seylan lui lançait et n'avait besoin de rien d'autre que de sa présence pour retrouver un semblant de sérénité. Quand Seylan eut terminé sa toilette, il posa la bassine sur le sol et s'allongea près de lui avant de le prendre dans ses bras. Hadrien retrouva toute sa douceur, tout le réconfort nécessaire à oublier l'acte terrible d'Arius. Ce dernier venait d'en payer le prix et Hadrien se retrouvait honteux d'être heureux que son propre frère soit mort. Contre Seylan, ses paupières lourdes finirent par tomber sur ses yeux et il sombra dans un profond sommeil.

* * *

Seylan avait été forcé de regagner sa cellule avant l'aube après s'être lavé du sang d'Arius. Il avait veillé sur Hadrien toute la nuit, l'avait tenu contre lui, dans ses bras. Il avait songé à ce qui s'était passé avec Arius, à ce qu'il adviendrait dans les prochaines heures, les prochains jours. Assis dans sa cellule, il attendait l'appel de Commidus. Devrait-il répondre de la mort d'Arius ? Il se moquait du châtiment qu'il encourait, avait respecté ses principes, les valeurs que son père lui avait enseignées. Nul ne devait souffrir à moins de le mériter. Hadrien n'avait mérité aucune des agressions de son frère. Il demeurait enfermé entre ces murs, loin d'Hadrien qui ne tarderait pas à rouvrir ses yeux.

Lorsqu'il entendit la voix de Commidus résonner depuis le couloir, leur ordonner d'aller déjeuner, il se leva et quitta sa cellule pour se diriger vers le quartier des cantines. Il saisit une des gamelles posées sur la table et la tendit au cuisinier qui la remplit. Son esprit était envahi par toutes sortes de pensées, des émotions mitigées entre inquiétude, appréhension et impatience. Il partit s'asseoir et fut très vite rejoint par les autres. Il devait agir comme si de rien n'était afin de ne pas éveiller de quelconques soupçons chez les autres gladiateurs.

— Content de te revoir parmi nous Déimos, fit Cyprus en s'asseyant devant lui.

Personne n'émettrait de commentaires sur les coups de fouet et Seylan le savait. Les gladiateurs n'avaient pas pour habitude de s'apitoyer sur leur sort ou celui des autres. Pourtant, ils savaient démontrer leur encouragement. Seylan avala sa bouchée de bouillie de céréales tandis que Scaro s'installait avec eux, comme Syllus, Cairneth et Azes.

— Demain, l'Empereur nous honore de sa présence, annonça Scaro. Des jeux vont être organisés, Doctor n'a pas encore annoncé les noms des participants.

Le Doctor arriva et demanda l'attention de tous les gladiateurs.

— Cette nuit, notre maître Arius est mort. Vous serez donc sous les ordres d'Hadrien en attendant le retour du Consul Valerius. L'arrivée de l'Empereur prévue demain exige de vous la plus grande préparation.

Le silence régna après cette annonce inattendue. Bien sûr, les gladiateurs ne révéleraient pas leur contentement en sachant Arius mort. Ils pouvaient être fouettés pour ce type de réaction à l'encontre de leur maître. Seylan croisa le regard de Cairneth et le sentit soulagé. Il réalisa à quel point la mort d'Arius allégeait d'autres vies. Il détourna les yeux sur sa gamelle et continua de manger sans grand appétit en pensant à Hadrien. Celui-ci saurait-il dépasser l'agression de son frère ? Il l'espérait, se sachant enchaîné, entravé dans ses mouvements, sans plus de liberté que celle d'obéir. Le soleil pointait à l'horizon, froid, blanc, témoin de l'automne qui avançait. L'astre du jour avait-il mis ses rayons en berne pour s'accorder avec l'état d'Hadrien ? Teutatès lui-même semblait réagir à travers un ciel menaçant. Ou étaient-ce les Dieux d'Hadrien ?

Tous les gladiateurs se levèrent pour reprendre l'entraînement sur les ordres de Commidus. Les regards se croisaient, incertains, interrogateurs et dissimulés. Chacun gardait ses pensées personnelles pour lui. Arius n'avait jamais été aimé au Ludus. Il avait eu la réputation d'un fils gâté et capricieux, à qui le courage manquait cruellement. Tous avaient été témoins de sa violente réaction envers son jeune frère sur le balcon pendant la punition de Déimos. Plus d'un avait rêvé de mettre un terme à son arrogance déplacée. Cyprus jeta un œil sur Déimos qu'il voyait enfiler la protection de cuir autour de son bras avant de prendre l'épée de bois et le bouclier. Il ne parvenait pas à lire ses émotions sur ses traits. Sa cellule accolée à la sienne, il se rappelait l'avoir entendu sortir durant la nuit. Que s'était-il réellement passé ? Il se posta devant Scaro avec lequel il devait s'entraîner alors que Déimos déchaînait déjà toute la puissance de ses coups sur le pallus, un pilier de bois au coin de la cour.

* * *

Cela faisait des heures qu'Hadrien se tenait devant le corps inanimé d'Arius. Auxilius avait demandé aux esclaves de le porter dans sa chambre dont le lit avait été nettoyé et refait pour ôter toutes les traces de sang. Hadrien ne quittait pas le cadavre des yeux, semblait presque craindre qu'Arius se réveille et s'arme de son glaive pour se venger, l'égorger, lui faire payer son affront et celui de Seylan. Mais Arius était mort et Hadrien se le répétait. Son règne de terreur ne serait plus au sein du ludus. Il n'abuserait plus d'aucun gladiateur ni d'aucun jeune garçon de la ville qu'il croiserait et qui se refuserait à lui. La douleur physique s'était estompée, mais l'esprit d'Hadrien restait marqué, meurtri par cette nuit qu'il n'oublierait jamais. Grâce aux Dieux, Seylan avait fait ce que nul autre n'aurait jamais osé au sein du ludus, ce que tous avaient certainement voulu en secret. Si Hadrien devait se souvenir d'un acte positif de la part d'Arius, alors ce dernier serait de lui avoir amené Seylan. Le reste devait être oublié, enterré avec lui dans les prochains jours.

— Tu dois te reprendre, fit Auxilius en approchant. L'Empereur arrive demain et d'importantes décisions sont à prendre.

Hadrien ne quittait pas le corps des yeux. Il savait qu'il avait un rôle à tenir maintenant qu'Arius n'était plus à même de gérer le ludus. L'Empereur arriverait et par-dessus tout, son père ne tarderait pas à suivre puisque son courrier urgent était en route pour Rome. Que dirait-il à son père ? Que penserait ce dernier ? Serait-il châtié pour fratricide ? Lui demanderait-on de quitter le ludus et de ne plus jamais porter le nom de Valerius ? En avouant son crime, Hadrien déshonorait sa famille, mais son choix était fait et il refusait de perdre Seylan.

— Que va-t-il se passer désormais ? demanda-t-il à son précepteur.

Il le regarda dans l'attente de ses conseils. L'étincelle dans ses yeux reflétait étrangement sa détermination malgré ses incertitudes. Auxilius s'approcha et répondit :

— Toi seul le sais, Hadrien. Je suis ton professeur, c'est vrai, mais je ne dois pas te dicter les choix que tu feras ou fausser ton jugement sur ceux que tu as déjà faits.

— Vous m'avez enseigné la droiture, l'honneur et la loyauté. Vous m'avez toujours répété qu'il ne fallait jamais mentir.

— Le mensonge est parfois un mal nécessaire si la vérité apporte malheur à ceux qui l'entendent.

Hadrien savait ce qu'il en serait quand son père rentrerait. Il ne changerait pas d'avis. Sa version concernant la mort d'Arius resterait telle qu'il l'avait décidée.

Auxilius ne souhaitait pas qu'Hadrien s'apitoie sur le drame qui l'avait frappé et le meilleur moyen était de lui rappeler ses priorités, ses devoirs en tant que maître de la maison Valerius.

— Le munéraire Iovinus est dans l'atrium, Hadrien. Il veut savoir les noms des gladiateurs de la maison Valerius qui combattront dans l'arène demain pour célébrer la visite de l'Empereur à Aquilée.

Hadrien en oubliait la visite importante de Domitien. Il quitta la chambre d'Arius et rejoignit Iovinus accompagné de trois esclaves.

— Hadrien, fit ce dernier Auxilius m'a dit que votre frère était absent et que vous décideriez des gladiateurs qui combattraient demain.

Hadrien constatait qu'Auxilius lui-même avait menti. Un mal nécessaire, s'interrogeait-il. Il demanda :

— Qu'avait prévu Arius ? Il ne m'a rien dit.

— Six gladiateurs de la maison Salvius entreront dans l'arène après la mise à mort des condamnés. Arius m'a dit que Déimos les affronterait.

Hadrien mesurait combien son frère était fou. Six contre un, même contre des hommes de peu d'expérience, rendrait la tâche difficile à Seylan.

— Qui sont les gladiateurs de la maison Salvius ? demanda Hadrien.

— Des esclaves que ce cher Salvius préfère sacrifier pour ne pas perdre d'autres hommes plus précieux.

— Cairneth accompagnera Déimos.

— Et quel gladiateur affrontera le grand Falgos ?

Falgos était un autre gladiateur réputé du ludus Salvius et Hadrien savait que Scaro attendait de prendre sa revanche sur ce dernier.

— Scaro, répondit-il.

— Mais Arius m'avait parlé de Cyprus.

— Arius est absent. Scaro combattra Falgos, reprit Hadrien d'un ton plus ferme.

Hadrien n'était pas d'humeur à négocier ou parlementer avec le munéraire Iovinus.

— Dans ce cas, fit ce dernier, j'en prends bonne note.

— Si nous avons fini, j'ai à faire, termina Hadrien.

— Je vous dis à demain.

— Permettez-moi de vous raccompagner, intervint Auxilius.

Hadrien les regarda s'éloigner et prit une courte pause en songeant à ce qu'il en serait le lendemain. L'Empereur arriverait, accompagné de Clodia, mais également de Trajan, le père de sa future épouse. Que dirait-il à son souverain pour justifier la mort de son frère ? Que penserait Trajan qu'il n'avait encore jamais croisé ? Mentir à un munéraire n'était pas comparable au fait de mentir à César. Sa rencontre avec Clodia débuterait-elle également sur un mensonge ? Il retourna dans la chambre d'Arius où le corps n'avait pas bougé. Si les températures élevées persistaient, peut-être ne pourrait-il pas attendre le retour de son père pour l'enterrer. Les cadavres se décomposaient vite l'été et les odeurs étaient abominables. Il s'approcha du muret du balcon, vit Seylan s'entraîner face au pallus. Il devait maintenant annoncer les noms des trois combattants choisis pour représenter le ludus Valerius demain devant l'Empereur. Hadrien devinait déjà la déception de Cyprus, mais, comme Auxilius le lui avait appris, Hadrien voulait être juste et le tour de Scaro était venu. Il se tourna vers la chambre et la traversa jusqu'à l'atrium pour pénétrer dans le tablinium. Il trouva un morceau de parchemin, prit une plume et de l'encre afin de noter les noms des combattants. Il ne voulait pas prendre la parole sur le balcon, faire face à tous les gladiateurs et il ne descendrait pas dans la cour. Il quitta le bureau et trouva Luria qui, comme les autres esclaves, s'attelait à préparer la villa pour l'arrivée de l'Empereur.

— Apporte cela à Commidus, ordonna-t-il.

— Oui, Dominus, fit-elle avant de s'éloigner.

Hadrien angoissait. Plus l'instant de son viol et de la mort de son frère s'éloignait, plus celui où il ferait face à ses juges approchait. Malheureusement, aucun remède n'existait contre le temps qui, comme Auxilius le lui avait répété, était le pire ennemi des hommes. Pourtant, Hadrien devait faire comme d'habitude, s'occuper, prétendre que tout était normal. Il s'apprêtait à repartir vers les balcons donnant sur la cour, mais s'arrêta net devant les escaliers quand son regard se posa sur une femme aux longs cheveux. Près d'elle se tenait un homme habillé d'une armure, un casque de haut gradé sous le bras.

— Pardonnez notre venue impromptue, fit-il avec courtoisie.

Le soldat franchit les dernières marches, accompagné de sa fille qui ne le quittait pas des yeux. Ce jeune homme à la beauté divine devait être le fils du Consul Sarrius Valerius, songeait-il. Il le salua de manière respectueuse d'un signe de tête et termina :

— Vous devez être Hadrien, fit-il. Je tenais à vous rencontrer avant l'arrivée de César. Je suis Marcus Iulpus Trajan.

Il désigna sa fille :

— Et voici ma tendre et très chère Clodia, votre future épouse.

Hadrien avait paniqué bien avant que le général des armées de l'Empereur ne termine sa présentation. Son cœur palpitait dans sa poitrine. Il ne s'était pas attendu à pareille rencontre. Personne ne l'avait prévenu de l'arrivée de Trajan et de Clodia. Que devait-il dire ? Penser ? Il ne s'était pas préparé à faire face à celle dont il était le promis, une femme à peine plus âgée que lui, fille d'un homme courtois et gentil aux premiers abords.

— Je ne vous attendais pas, fit-il d'une voix marquée d'incertitude.

Il détailla la jeune femme devant lui. Il n'aurait pu soupçonner pareille beauté, même si on l'avait prévenu.

— J'en suis conscient, répondit Trajan. Et si vous avez affaires plus urgentes à traiter, je…

— Non, l'interrompit Hadrien.

Il ne savait que dire et les Dieux étaient témoins de sa confusion. Il ne connaissait pas le général Trajan, même s'il en avait entendu le plus grand bien. Il était conscient de se retrouver en cette seconde face à l'un de ses juges. Cet homme, son futur beau-père, devait savoir les faits et il n'eut d'autre choix que de reprendre :

— Je dois vous dire qu'un terrible événement s'est produit hier soir, Général. Quelque chose qui remettra certainement en question les projets de réunir nos deux familles.

Sur cette annonce, Trajan fut confus et intrigué. L'expression sincère d'Hadrien indiquait qu'il s'agissait effectivement d'une grave affaire. Il remarquait son regard marqué d'incertitude. De façon spontanée, il posa une main sur son bras et s'approcha afin de le calmer.

— Qu'y a-t-il de si grave qui vous touche à ce point ?

Hadrien aurait voulu disparaître en cette seconde que d'affronter cet homme aimé de l'Empereur et de son père. Le corps d'Arius gisait non loin, dans la chambre derrière lui et il n'eut d'autre choix que celui de reculer afin de conduire le général Trajan et sa fille vers le lit où son frère reposait. Sa gorge serrée, il expliqua :

— Mon frère est mort... Nous nous sommes battus hier soir et je l'ai tué après qu'il m'ait...

Trajan vit le corps de l'homme allongé sur le lit, sa fille Clodia détourna aussitôt le regard. Il mesurait maintenant l'origine de l'entaille sur la lèvre d'Hadrien, née d'un affrontement. Sur ses mots en suspens, il reporta son regard sur lui. L'expression de son visage, la peine qu'il lisait prononçaient tous les mots que le fils du Consul n'osait dire. Il s'en trouva affecté et troublé. En tant que général, il avait su réunir toutes les informations nécessaires sur la famille Valerius. Il avait également appris les penchants homosexuels et pédérastes d'Arius, l'aîné. Il prit un instant de réflexion et reprit :

— Si vous n'aviez pas agi, il aurait été de mon devoir de le faire. Pleurez votre frère et oubliez l'homme que vous avez tué. Je vais régler cela.

Hadrien ne savait plus quoi penser ou dire face à tant de gentillesse, de compassion et surtout de clémence. Il avouait à son futur beau-père être le meurtrier de son frère et ce dernier le rassurait sans interroger ses esclaves, sans mener d'enquête ou exiger un procès. Il voyait soudainement cet homme comme un père, protecteur, brave et juste. N'était-ce pas d'autres qualités qu'on lui conférait ? Mais la culpabilité le rongeait bien qu'il n'ait pas lui-même enfoncé cette lame acérée dans les entrailles de son frère. Trajan prenait son parti, mais ignorait qu'il ne serait jamais à la hauteur d'un bon époux pour sa fille.

— Je déshonore les miens et votre indulgence me touche, Général. Mais que dira mon père ? Que dira l'Empereur ?

Malgré la situation dramatique qu'Hadrien résumait, Trajan esquissa un très léger sourire, son regard rassurant dans le sien.

— Laissez-moi me charger de votre père et de César. Demain, vos inquiétudes auront disparu et vous pourrez épouser ma fille.

Malgré tout, Hadrien sentait un poids lourd demeurer sur ses épaules en entendant ces mots. Comment pouvait-il être rassuré ? Le général Trajan lui faisait des promesses d'un avenir soudainement moins sombre, mais dans l'esprit d'Hadrien, tout ne se résumait pas à oublier son frère.

— Marcus Trajan, entendirent-ils derrière eux.

Auxilius s'approcha, son regard sur le plus grand général de Rome.

— Ta présence est un honneur malgré les circonstances.

Trajan regarda l'homme d'un plus grand âge que lui et le salua d'un signe de tête. Il reprit un léger sourire :

— Auxilius, mon vieil ami. Je vois que tu es fidèle à la maison Valerius. N'en as-tu pas assez d'enseigner ?

Auxilius lança un regard rassurant en direction d'Hadrien et fit abstraction de la présence du corps d'Arius avant de répondre à la fine moquerie de Marcus :

— Nous ne cessons jamais d'apprendre, tu le sais, Marcus.

Marcus acquiesça en approuvant les paroles d'Auxilius qui l'avait éduqué lorsqu'il n'avait que huit ans.

— Je suis heureux de te savoir aux côtés de mon futur gendre, dit-il.

Il lança un regard sur Hadrien et reprit son sérieux. Il avait remarqué l'absence du Consul et de son épouse, les devinait à Rome pour traiter les affaires politiques de l'Empire. Il ramena sa main dans le dos de sa fille et l'entraîna dans l'atrium.

— Venez Hadrien, ne restons pas ici.

Hadrien lança un dernier regard à Arius et suivit le général Trajan, Clodia et son précepteur. Il gardait l'espoir que Trajan l'aiderait et voulait le croire si Auxilius avait été son précepteur. Ce dernier s'arrêta près du bassin et regarda Hadrien :

— Pourquoi ne ferais-tu pas visiter notre célèbre ludus au général et à sa fille ?

Hadrien hésita, mais Trajan insista :

— Cette idée est excellente. La renommée du ludus Valerius s'étend jusqu'en Germania. Nous serions honorés de le visiter à vos côtés.

Il sourit à Hadrien, le regard rassurant et rajouta :

— Et je ne peux manquer l'occasion d'en apprendre davantage sur vous.

Hadrien mesurait combien Trajan, autant qu'Auxilius, ignoraient les faits, faisaient abstraction de la mort d'Arius. N'était-ce pas la juste place de son frère après ses actes barbares ? Sombrer dans l'ignorance la plus totale. Il lança un regard à Clodia qu'il constatait silencieuse, plus intimidée.

— Bien, fit-il. Accordez-moi un instant que je couvre mes épaules.

Il s'éloigna vers sa chambre et le général Trajan regarda Auxilius, inquiet :

— Étais-tu présent quand le fils du Consul est mort ?

— Non. Et si tel avait été le cas, j'aurais empêché Arius de lever la main sur son frère blessé.

— Je te crois, Auxilius, répondit Marcus. Je suis triste pour lui, pour sa famille. J'en informerai le Consul moi-même.

— Que lui diras-tu ? Sa peine sera grande d'apprendre que son fils est mort, mais savoir qu'il a sali l'image de la famille Valerius l'achèvera.

— La mort d'un fils est toujours terrible, mais tout dépend de la façon dont ce fils est mort.

Auxilius comprenait que Marcus mentirait à Sarrius Valerius et comme il l'avait confié à Hadrien, mentir était parfois un mal nécessaire pour amoindrir les plus grandes peines. Auxilius jugeait qu'Arius avait fait assez de mal à cette famille pour en infliger davantage dans sa mort. Il vit Hadrien revenir, vêtu d'une toge et d'un pallium sur ses épaules.

— Je vous laisse à votre visite et retourne à mes lectures, dit Auxilius. J'ai reçu plusieurs parchemins d'Athènes tout à fait passionnants.

Hadrien força un léger sourire et Auxilius les salua d'un signe de tête avant de s'éloigner. Le général Trajan se tourna vers Hadrien.

— Je vous suis.

* * *

Au rez-de-chaussée, les gladiateurs avaient rejoint les tables pour le déjeuner. Le soleil régnait en maître dans le ciel et baignait la cour de ses rayons brûlants. La nouvelle de la mort d'Arius avait été mise de côté pendant l'entraînement, mais la plupart des hommes s'interrogeait sur les circonstances.

Cyprus avait jeté quelques coups d'œil vers Déimos, comme l'avaient fait Cairneth, Syllus, Scaro et Azes. Tous les quatre connaissaient les penchants d'Hadrien pour Déimos, se souvenaient de la punition qu'Arius lui avait infligée. Cyprus ne révélerait pas la sortie inopinée de Déimos pendant la nuit. Les Romains n'étaient pas les seuls à manigancer, à comploter et à trahir. Même s'il existait une réelle fraternité entre les gladiateurs, certains pouvaient démontrer de bien vils talents de traître en proie à la jalousie. Déimos avait fait naître beaucoup d'envie, de rivalité après son premier glorieux combat. Malgré ses remarques non dissimulées, Cairneth n'avait redouté que le vol de son titre par un sombre inconnu, fraîchement arrivé au ludus. Cyprus connaissait Cairneth depuis son intégration, comme il connaissait ses compagnons d'infortune, Syllus, Azes et Scaro. Eux ne trahiraient jamais un autre gladiateur ou une autre gladiatrice, mais qu'en serait-il du reste de leurs partenaires ? Cyprus s'installa à la table avec ses amis. Il lança un autre regard sur Déimos qui s'était écarté, assis sur la marche contre le mur du fond. Cairneth détourna le regard sur le Celte et le reporta sur le champion d'Aquilée avant de finalement commencer à manger. Le silence autour de la table révélait les réflexions de chacun. Syllus fut le premier à le briser :

— Croyez-vous qu'il puisse être mêlé à...

Il s'arrêta avant de prononcer des mots qui pourraient attirer l'attention. Scaro répondit à voix basse :

— Et même s'il l'est, ça ne nous regarde pas, Syllus.

— Mieux vaut ne pas être au courant, reprit Azes. Nous pourrions tous en payer le prix.

Cairneth fronça les sourcils en écoutant les commentaires de ses amis. La cuillère à la main, il jeta un œil sur Azes devant lui. Ce dernier avait raison de soulever cette éventualité.

— Le règne du fils n'est plus, conclut-il. Tout ce qu'on a à faire est de nous réjouir.

Personne autour de la table n'aurait pu contredire l'affirmation de Cairneth. Ses amis savaient à quel point Cairneth avait nourri un profond dégoût et une aversion certaine envers Arius. Ce dernier s'était servi de lui comme d'un vulgaire esclave en le forçant à s'agenouiller pour répondre à ses bas instincts.

Commidus arriva sous les arcades, au milieu des tables où mangeaient ses gladiateurs, un parchemin à la main.

— Les noms de ceux qui participeront aux célébrations de demain dans l'arène ont été donnés. Cairneth et Déimos devront affronter ensemble six gladiateurs du ludus Salvius et Scaro devra se battre contre Falgos.

Cyprus réagit aussitôt sur la dernière annonce, en désaccord total avec cette décision.

— Pourquoi Scaro ? Je suis celui qui doit affronter Falgos !

— La décision est prise, Cyprus. Il en sera ainsi.

Cyprus s'agaça et détourna son regard sur sa gamelle devant lui. Il savait qu'aucun commentaire, qu'aucun argument ne pourrait changer les décisions qui s'apparentaient à des ordres.

— Arius ne t'aurait jamais laissé combattre Falgos, fit-il à Scaro.

Scaro se réjouissait au contraire. Son dernier combat contre le Grec s'était terminé en match nul comme il arrivait parfois selon les règles de la gladiature. Seulement, Falgos avait usé de sa fourberie et lui avait infligé un coup tandis que l'arbitre leur avait ordonné de s'éloigner l'un de l'autre. En effet, dans un combat, même dans l'arène, deux arbitres veillaient à ce que les règles, peu nombreuses, soient respectées. Ils n'avaient pas à décider de la mise à mort de l'adversaire à moins d'en avoir été informés au préalable. Seuls l'organisateur, le haut gradé ou l'Empereur décidaient de la fin du combat. Il pouvait très bien garder le vaincu en vie si celui-ci avait prouvé sa bravoure et son courage face aux attaques de son assaillant. Scaro était conscient que jamais Arius ne l'aurait laissé affronter Falgos.

— Je suis plus que prêt à me battre contre lui, affirma Scaro sans hésitation. Et j'ai une revanche à prendre.

— Ce combat pourrait bien être le dernier pour toi, renchérit Cyprus. Tu sais de quoi Falgos est capable, tu en as eu la preuve une fois.

Scaro fixa son ami, l'air déterminé :

— Tu es peut-être un des champions d'Aquilée, mais je te talonne de près. Demain, je reviendrai fêter ma victoire sur lui, tu verras.

Cyprus soupira en silence sur ces mots. Finalement, il ne savait pas dire s'il était mécontent de ne pas combattre le lendemain ou s'il était inquiet pour Scaro.

Cairneth jetait quelques coups d'œil sur Déimos avec qui il devrait se battre le lendemain, loin de se réjouir de faire équipe avec un gladiateur qu'il ne connaissait finalement que très peu. Certes, leur dernière discussion s'était terminée par un partage de coupe, mais le lendemain, il s'agirait de combattre et non de boire ensemble. Il entendit Azes commenter :

— Six gladiateurs contre deux, j'aimerais être là pour voir ça.

— Je ne suis guère enchanté de devoir faire équipe avec Déimos, fit Cairneth.

Cyprus le détailla un instant. Malgré l'orgueil et la fierté que Cairneth dégageait, il lisait une inquiétude certaine sur ses traits. Jamais Cairneth n'avait eu à faire équipe avec un nouveau.

— Contre six gladiateurs, vous aurez besoin l'un de l'autre, dit-il sur un ton plus sérieux.

— J'imagine que ce combat peu commun est organisé pour le grand plaisir de l'Empereur, commenta Syllus, loin d'être envieux de la place de Cairneth.

Syllus esquissa un petit sourire à l'attention de son ami et ajouta :

— Vous lui montrerez tout ce que les Celtes peuvent accomplir.

Quelques rires se firent entendre autour de la table.

À l'écart, Déimos se leva comme les autres pour aller poser sa gamelle vide sur la table du cuisinier. Il avait senti les regards des autres gladiateurs, avait aussi entendu l'annonce faite par Commidus. Il ne cessait de penser à Hadrien et espérait que celui-ci fut remis de ses troubles. Commidus l'interpella avant qu'il ne rejoigne la cour et il s'arrêta devant lui.

— Tu t'entraînes avec Cairneth cet après-midi. Vous devez vous préparer pour le combat de demain.

Seylan acquiesça d'un signe de tête et saisit une épée et un bouclier sans dire un mot. Il comprenait la demande de Commidus et il n'y voyait aucun inconvénient. Il fit quelques pas dans la cour et leva les yeux sur le balcon. Quand il aperçut Hadrien en compagnie d'un soldat de Rome, d'un homme en armure, il fronça les sourcils, tendu. Ses réflexions furent interrompues par la voix de Commidus qui s'adressa à tous les gladiateurs.

— Le général Trajan, fidèle allié de l'Empereur, est venu visiter le ludus, faites-lui honneur.

Seylan se crispa sur le nom que Commidus venait de prononcer. Il lui était familier et il se souvint du mariage d'Hadrien avec sa fille Clodia. Ce dernier se tenait sur le balcon à ses côtés, vêtu de sa cuirasse dorée de général, des peaux de lapin cousues comme épaulettes et une longue cape rouge tombant derrière. Sa fille n'était ni très belle, ni repoussante, plutôt quelconque d'après lui. Il détourna le regard, se força à évacuer la tension qui naissait en lui et fit face à Cairneth.

Celui-ci avait constaté le regard que Déimos avait porté sur Hadrien et la fille de Trajan. Il n'était pas dupe et le soupçonnait d'être jaloux. Néanmoins, il préféra se focaliser sur leur entraînement.

— J'ai une revanche à prendre sur toi, Déimos, rappela-t-il.

Il esquissa un léger sourire en coin, narquois et provocant :

— Prêt à recevoir une raclée ?

Seylan fut amusé par cette question destinée à piquer sa fierté. Il referma ses doigts sur la poignée de son épée de bois et répondit :

— Après toi, je t'en prie.

* * *

Le général Trajan avait vu les quartiers des gladiateurs. Moins confortables que l'étage réservé aux esclaves, les chambres étaient spartiates, sans décorations ni artifices. Ces hommes ou femmes devaient travailler dur et Trajan connaissait les termes du contrat des gladiateurs qui déchaînaient les passions à Rome. Ceux qui n'étaient pas esclaves s'engageaient pour un ou deux ans dans le but de faire fortune. Combattre au péril de sa vie rendait certains hommes riches et célèbres, parfois plus riches que certains sénateurs ou magistrats. Quant aux esclaves, achetés par le maître du ludus, s'ils combattaient avec force et intelligence, ils pouvaient gagner leur liberté et refaire leur vie en tant que citoyen de Rome.

— L'empereur sera heureux de voir un combat de gladiateurs, fit-il. Ces joutes sont célèbres à Rome et rares sont les étrangers capables de se battre avec force et honneur.

— Déimos et Cairneth sont de véritables guerriers. Tous deux viennent de Calédonie.

— Une contrée que l'Empire ne parvient pas à soumettre, rappela Trajan. Je comprends mieux pourquoi désormais.

Il sourit et ajouta :

— Si ces Celtes combattent aussi bien, nos pauvres soldats n'ont aucune chance. Peut-être devrions-nous les recruter pour nos armées.

Hadrien esquissa un léger sourire sur cette remarque. Il mesurait que la présence de Trajan lui changeait les idées, lui permettait d'oublier un peu les événements dramatiques de la nuit passée. Le général était courtois, calme, amusant et, grâce aux Dieux, sa fille ne se montrait pas entreprenante à son égard bien qu'il fût son futur époux. Il répondit :

— Leur place n'est point sur les champs de bataille de Rome.

Il regarda Trajan et demanda, curieux :

— N'en avez-vous pas assez de voir le sang couler, Marcus ?

Ce dernier lui sourit gentiment et répondit :

— Le serviteur de Rome que je suis n'a d'autre choix que de se battre pour le bien de l'Empire.

— Et qu'en est-il de l'homme ? renvoya Hadrien.

Trajan marqua une courte pause et reporta son attention sur les gladiateurs qui s'entraînaient dans la cour.

— L'homme n'aspire qu'à la tranquillité d'un foyer.

Il regarda Hadrien.

— Mais la guerre est un jeu malsain qui nous rend fous ou dépendants, parfois les deux. La gloire est à l'homme ce que les sacrifices sont aux Dieux. Nécessaire... Demandez à ces hommes qui souffrent pour votre ludus s'ils échangeraient leur place contre celle de vos esclaves les mieux traités. Les plus faibles accepteront, mais les plus braves et courageux continueront de se battre pour honorer la gloire que le peuple leur attribue. Je ne suis guère différent de vos guerriers. Mes aspirations sont identiques même si nous ne foulons pas le même sol souillé par le sang de nos ennemis.

Hadrien avait écouté le général avec attention et demanda :

— Repartirez-vous à la guerre après votre visite ?

— Une partie de la Germania est conquise, mais d'autres contrées barbares s'opposent encore à l'autorité de Rome. Mon départ dépendra de la décision de César.

Hadrien acquiesça et détourna son regard sur Seylan qui se battait vaillamment contre Cairneth. Le lendemain, tous les deux seraient dans l'arène et Hadrien n'oubliait pas que l'Empereur serait à Aquilée. Quand reverrait-il Seylan ? Quand partagerait-il un bref moment de calme et de sérénité dans ses bras ? Son Celte lui manquait, ses baisers, sa peau, son odeur, son regard rassurant lui manquaient tout autant. Seylan avait tué Arius pour venger son affront. Hadrien lui devait tout désormais. Mais qu'en serait-il quand il épouserait la fille du général Trajan ? Il serait contraint de rejoindre Rome, un souhait qui était encore son vœu le plus cher quelques jours auparavant, mais tout était différent à présent. Son père accepterait-il que Seylan l'accompagne ? Que dirait Trajan quand il formulerait sa demande d'emmener un gladiateur ?

Marcus se tourna vers Hadrien et prit la peine de le détailler un instant. Il appréciait sa compagnie, son calme et son raisonnement que peu de jeunes hommes développaient à un si jeune âge. Il serait un époux parfait pour sa Clodia, de nature calme et réservée. Cependant, il avait surpris son regard insistant sur le gladiateur nommé Déimos et s'interrogeait sur l'intérêt qu'il lui portait. Il comprenait néanmoins les difficultés à assumer un mariage arrangé. Il n'avait pu suivre son avis, avait écouté les bons conseils de ses proches. Le fils du Consul renforcerait sa réputation et son alliance avec les plus puissantes familles de l'Empire. Celle des Valerius était considérée comme une des plus influentes à Rome.

— Je sais que votre mariage avec Clodia devait avoir lieu à mon retour de Germania, mais il me semble plus sage de le repousser en pareilles circonstances. Croyez bien qu'elle sera honorée de devenir votre épouse, mais je tiens à ce que ce mariage ne soit assombri par aucun nuage et encore moins des funérailles. Qu'en pensez-vous ?

Ces mots soulagèrent Hadrien qui reporta aussitôt son attention sur Trajan. Cet homme était décidément plein de bon sens en plus d'être généreux. Certes, Auxilius lui avait toujours appris à ne pas porter de conclusion hâtive, davantage sur les individus que sur les situations, mais le général faisait preuve d'intelligence à chaque fois qu'Hadrien l'entendait parler. Il ne devait cependant pas montrer sa satisfaction à repousser l'échéance de ce mariage et opta donc pour une réponse tempérée :

— Si vous jugez préférable qu'il en soit ainsi...

Le général esquissa un léger sourire face à autant de retenue. Il parvenait à lire quelques-unes des réactions spontanées que la jeunesse d'Hadrien dévoilait. À travers lui, il reconnaissait la sagesse et la force morale du Consul Valerius. Aucun homme n'aurait pu être plus honoré par un tel mariage.

— Votre regard vous trahit, Hadrien, plaisanta-t-il. Mais je suis content de voir que nous sommes du même avis.

* * *

Dans la cour en contrebas, Seylan fut distrait par la conversation entre le général et Hadrien et le poing de

Cairneth s'écrasa contre sa mâchoire. Sous l'impact du coup, il recula, déséquilibré, et reporta son regard sur Cairneth qu'il vit secouer la tête avant d'entendre un de ses commentaires :

— Tu devrais garder les yeux sur ma lame.

Déimos était conscient de l'erreur qu'il venait de faire. La présence du militaire et de sa fille le tendait, et les voir aux côtés d'Hadrien n'arrangeait pas son état. Le lendemain, il devait combattre six gladiateurs avec Cairneth et il devrait se montrer plus attentif au risque de périr. Il essuya la transpiration qui coulait sur son front et se reprit. Ses émotions à l'égard d'Hadrien le dispersaient, perturbaient ses réflexions, bouleversaient sa vie et ses habitudes. Il savait qu'il n'était pas bon de se laisser ainsi envahir, même par des sentiments honorables. Il lança l'attaque et se concentra sur son entraînement avec Cairneth. Celui-ci méritait son titre de champion qu'il revendiquait tant. Seylan admettait aisément ses capacités de guerrier celte et il reconnaissait sa ténacité dans chacun de ses coups. La tension qui régnait entre eux depuis son arrivée au ludus s'estompait au fil du temps, surtout depuis leur dernière conversation. Pourtant, chaque fois que Seylan prenait le dessus au cours de l'échange, Cairneth augmentait la violence de ses assauts et en oubliait presque de se défendre. Commidus les arrêta en s'approchant d'eux et expliqua :

— Demain, vous devrez vous battre ensemble et non l'un contre l'autre.

Il regarda Cairneth et poursuivit :

— Il ne devra y avoir aucune rivalité si vous voulez gagner.

Il détourna les yeux sur Seylan avant de reprendre :

— L'issue du combat de demain dépendra de votre entente et il serait malheureux pour le ludus Valerius de perdre deux de ses meilleurs gladiateurs.

Il marqua un court silence sur cette dernière remarque.

— Continuez !

Les deux hommes se lancèrent un regard et obéirent au Doctor. Tous les deux approuvaient les paroles de Commidus, savaient que leur vie dépendait du lien qui se créerait entre eux dans l'arène. S'il n'était question que de compétition, d'envie, de rivalité, ils ne pourraient accorder ni leurs attaques ni leur défense. Ils devraient oublier le moindre ressentiment et avoir une confiance aveugle l'un envers l'autre.

En fin d'après-midi, lorsque le soleil commença à décliner dans le ciel, les gladiateurs rejoignirent la salle des bains. Leur routine journalière ne changeait pas beaucoup en dehors des jours de jeux ou de célébration. Après le petit-déjeuner suivaient l'entraînement, puis le déjeuner, puis l'entraînement de nouveau jusqu'en fin d'après-midi où ils pouvaient enfin reposer leurs muscles. Ils ne se plaignaient pas malgré la rudesse de leurs conditions de vie. Le soir, ils avaient droit au bain, à des massages, des soins et un bon repas. Bien sûr, leur train de vie dépendait de la fortune de leur maître, de la grandeur du ludus. Au ludus Valerius, leurs traitements s'avéraient bien meilleurs que dans d'autres.

Appuyé contre le rebord du bassin, Seylan profitait de la

fraîcheur de l'eau parfumée après avoir transpiré au soleil tout l'après-midi. Il vit Cairneth approcher et s'installer, assis sur l'une des marches immergées. Il le détailla quelques secondes, apprécia les formes de son corps, de sa silhouette athlétique et demanda :

— Es-tu prêt à t'entendre avec moi dans l'arène ?

Seylan s'était adressé au champion d'Aquilée et non au Celte sur cette question. L'orgueil de Cairneth s'était plusieurs fois montré. Celui-ci approcha et croisa ses bras sur le rebord, dos aux autres. Il tourna le visage vers Déimos qui, il se le répétait, n'était autre que le fils du plus grand chef de Calédonie.

— Et toi ? lui renvoya-t-il.

Seylan esquissa un léger sourire amusé. Plutôt que de devoir répondre, Cairneth préférait le questionner avant.

— Je le suis. Je ne compte pas mourir et…

Il détourna les yeux sur Cairneth et termina :

— Je ne pourrais laisser l'un des miens périr devant l'ennemi.

— Le grand chef a parlé, fit Cairneth, plus taquin.

— Prends garde, répondit Seylan dans la plaisanterie. Je pourrais encore changer d'avis.

Syllus vint s'asseoir près de Seylan, sur le rebord, et trempa ses jambes en attendant de voir le bassin se vider de quelques hommes.

— J'ai misé vingt sesterces sur vous. J'ai entendu dire qu'à Aquilée, la cote vous donne perdants, alors vous allez vous battre et m'aider à faire fortune.

Cairneth releva ses yeux sur son ami et lui sourit d'un air assuré :

— Et tu partagerais tes gains avec nous ?

— La moitié.

— À partager entre nous deux ? demanda Cairneth. Ce n'est pas équitable. On devra se battre demain, toi, tu n'auras qu'à sagement attendre notre retour.

Syllus arbora une expression amusée tout en glissant le strigile le long de ses cuisses.

— Certes, mais ce sont mes vingt sesterces.

Seylan ne disait rien et écoutait l'échange entre les deux gladiateurs, détendu par ces légères plaisanteries.

— Déimos ne nous a pas encore donné son avis, reprit Cairneth.

Seylan sentit les regards se poser sur lui et comprit qu'il était temps pour lui de parler.

— Je suis pour un partage équitable entre nous trois puisque se battre équivaut à tes vingt sesterces, Syllus.

Le sourire de Cairneth s'élargit sur ces dernières paroles et il fixa Syllus qu'il savait tout aussi amusé par cette conversation. Celui-ci abdiqua :

— Très bien. Mais tâchez de gagner.

Scaro, Azes et Cyprus se joignirent à eux pour profiter de ce moment où ils pouvaient échanger quelques mots, plaisanter, parfois se provoquer. Cette liberté, certes limitée, était l'une des seules qu'ils avaient. Étrangement, aucun ne parla du militaire qu'ils avaient vu aux côtés d'Hadrien plus tôt dans la journée. Personne ne mentionna son nom devant Seylan, n'aborda le sujet du mariage qui approchait. Autant de discrétion que Seylan remarquait sans peine. La solidarité entre gladiateurs, ce lien fraternel dont Scaro lui avait parlé les premiers jours semblait réellement exister. L'idée même d'une amitié, d'un amour, d'un lien fraternel au sein d'un ludus semblait tout aussi paradoxale. Paradoxale parce que leur maître, le munéraire ou celui pour qui le combat était organisé pouvait très bien décider de les faire s'affronter les uns contre les autres. Alors Cyprus aurait à tuer Scaro ou Azes autant que l'inverse était possible. À quoi bon fraterniser pour se voir forcer de tuer son ami ? Le pourrait-il, se demanda Seylan. Saurait-il enfoncer la lame de son épée dans la chair de Cairneth, Syllus, Cyprus, Azes ou Scaro ?

* * *

Dans la villa du ludus, Hadrien raccompagnait le général Trajan et sa fille Clodia devant les portes menant aux jardins où leurs chevaux avaient été pris en charge. Cette dernière semblait ravie d'être venue, d'avoir vu enfin la beauté tant vantée du fils du Consul Valerius.

— Tâchez de vous reposer et de ne penser qu'à la journée de demain, dit Trajan. Rappelez-vous que des hommes meurent tous les jours. Certains valent la peine qu'on se souvienne d'eux, d'autres non.

Il ramena doucement sa main sur l'épaule d'Hadrien.

— Pensez à votre avenir et laissez derrière vous le passé.

— Que direz-vous à l'Empereur ? osa demander Hadrien.

— Que Rome a perdu l'un de ses fils par la faute d'un esclave qui sera donné en pâture aux lions demain dans l'arène.

— Je ne saurai jamais assez vous remercier pour l'aide que vous m'apportez.

— Je suis sûr du contraire, fit Trajan en souriant. Portez-vous bien et mangez un peu, vous n'avez rien avalé de la journée.

Hadrien garda son léger sourire et les vit monter à cheval.

— Bonne soirée, Marcus. Clodia, ce fut un plaisir de vous rencontrer.

— Le plaisir fut partagé, répondit la fille de Trajan.

Hadrien les vit s'éloigner et retourna dans la villa. Bien avant que Trajan ne quitte les lieux, son esprit s'était tourné vers Seylan qui entrerait demain dans l'arène. Il regarda Luria et ordonna :

— Va chercher Seylan dans ses quartiers.

— Oui, Dominus.

L'esclave s'éloigna et Hadrien prit une courte inspiration en songeant que le général Trajan ôtait un poids lourd et angoissant de ses épaules fragilisées par la mort d'Arius. Après quelques minutes, il vit Luria revenir, accompagnée de Seylan, et l'étincelle dans ses yeux révéla son profond soulagement. il se retint cependant de le prendre dans ses bras et lui dit :

— Viens, montons…

* * *

À l'extérieur, Marcus revint finalement sur ses pas et grimpa les marches de l'entrée afin de retrouver Hadrien. Il n'avait pas songé une seule minute à lui dire où il avait pris ses quartiers et préférait l'en informer au cas où d'autres événements surviendraient. Sans le trouver, il fit le tour de l'atrium et s'approcha des chambres. En passant devant l'une d'entre elles dont les portes étaient restées entrouvertes, il jeta un œil à l'intérieur et aperçut Hadrien en compagnie du gladiateur celte, Déimos. Il s'apprêtait à entrer, mais s'arrêta net lorsqu'il les vit s'embrasser et comprit immédiatement la nature de leur relation. Hadrien se laissait aller dans les bras du Celte. Il ne sut comment réagir sur l'instant, mais n'en fut pas surpris. Il avait remarqué le regard qu'Hadrien portait sur Déimos depuis le balcon. Beaucoup de jeunes femmes ou d'hommes admiraient les gladiateurs. Ils incarnaient la puissance, le courage et certains étaient élevés au rang de Dieu. De riches hommes ou matrones payaient cher leurs services. Hadrien devait avoir besoin du réconfort d'une tierce personne après ce qui s'était passé avec son frère.

Déimos, d'après ce qu'il avait pu entendre de lui à Rome, était un vrai guerrier impitoyable. Le garçon qu'Hadrien incarnait avait besoin d'expérimenter certaines choses de la vie et Marcus le comprenait. Les hommes étaient plus qu'attirés par les plaisirs de la chair, par la chaleur d'un corps. Il tourna les talons et rebroussa chemin en direction de la sortie. Hadrien n'était pas encore son gendre, venait de vivre un pénible moment et réclamait un peu d'attention de la part d'une autre personne. Il quitta la demeure, pensif. Bien d'autres affaires l'attendaient et il ne devait pas se formaliser de ce qu'il venait de surprendre.

* * *

Dans la chambre d'Hadrien, Seylan se rassurait de goûter à ses lèvres délicieuses. Ces heures qui les avaient tenues éloignées avaient été trop longues. Les parfums du fils du Consul l'enivraient toujours autant. Il revoyait son sourire, son regard éclatant. L'impatience d'Hadrien à l'embrasser l'avait aussi soulagé après l'avoir vu aux côtés du Général. Pourtant, il gardait quelques réserves, réticent à savoir son mariage approcher. Il glissa une main sur sa joue et profita de ce moment pour le dévisager, s'assurer de son bien-être.

— Comment te sens-tu ? demanda-t-il.

Dans les bras de Seylan, Hadrien parvenait à oublier cette longue journée de doutes, mais aussi la mort d'Arius. Son corps restait scellé à celui de Seylan, son regard ne cessait de le dévisager.

— Mieux maintenant que je te retrouve. Le général Trajan était là et il m'a fait la promesse de s'occuper de l'annonce de la mort d'Arius. Tu n'as rien à craindre. Il semble être un homme bon et généreux.

Malgré ces derniers mots, Seylan demeurait méfiant. Rien ne lui indiquait que ce militaire ne profiterait pas de la moindre occasion pour faire du mal à Hadrien ou les séparer. Son propre frère Arius avait été jusqu'à le violer.

— Quand aura lieu le mariage ?

Hadrien se tendit sur cette question pourtant légitime de la part de Seylan. Il détourna les yeux un instant.

— Je ne sais pas. Trajan ne souhaite pas le célébrer pour l'instant suite à ce qui s'est passé. Il va certainement retourner en Germania et me tiendra informé de sa décision.

Il regarda Seylan.

— Mais ne parlons pas de lui ou de sa fille. Arius est mort, tu es là avec moi et je ne veux penser qu'à nous.

Seylan ne savait quoi conclure du regard détourné qu'Hadrien avait gardé pendant son explication. Seylan ne voulait penser qu'à eux tout comme Hadrien, mais son statut d'esclave, de Celte, de gladiateur et bien d'autres choses encore l'empêchaient de vivre librement ses émotions avec le fils du Consul. Son regard retraça les traits du visage d'Hadrien, toujours aussi attirants. Il ne se lassait pas de le voir. Il aurait eu envie de l'embrasser jusqu'à étouffer, de le prendre dans ses bras, de réitérer les étreintes de leur nuit partagée, mais il ne voulait pas le brusquer. Arius lui avait fait bien assez mal. Ses doigts glissèrent sur sa joue et il demanda :

— Que veux-tu faire alors ?

Sa main dans la sienne, Hadrien le tira vers son lit d'un pas lent et ne le quitta pas des yeux.

— Je veux profiter de toi et oublier le reste.

Il s'allongea et Seylan vint près de lui sans attendre. Sa joue posée sur son bras replié, Hadrien enlaça l'autre autour de sa taille et demanda :

— Parle-moi de toi, de ta vie d'avant, de ton pays. Je veux tout savoir de toi... Comment était ta maison ? Comment étaient tes amis ? À quoi ressemble la Britannia ?

Seylan esquissa un léger sourire sur ces nombreuses questions. Au moins, Hadrien lui offrait le confort de son lit, la douce mélodie de sa voix et le plaisir de le contempler. Sa main longea sa joue, ses doigts glissèrent sur sa gorge jusqu'à redessiner la finesse de son épaule. Ses yeux faisaient abstraction de sa lèvre fendue qui lui évoquait la folie de son frère.

— Mon pays n'est pas la Britannia, mais la Calédonie. La Britannia a été soumise à Rome.

Il marqua une pause après cette rectification qu'il avait jugée nécessaire et reporta son regard sur le chemin que ses doigts empruntaient. Ils descendirent le long de son bras, contournèrent le bracelet d'or qui l'ornait et poursuivit :

— Les terres de Calédonie sont froides et humides l'hiver, plus chaudes l'été. Les forêts de pins gardent les tiens à l'écart de nos villages.

Sur ces mots, il lui lança un regard aussi provocant que malicieux avant de poursuivre son exploration du bout des doigts. Il expliqua :

— Les montagnes dominent les landes et les marais. Mon village est situé entre deux flancs de montagne, près d'un lac où s'écoule l'eau quand la neige fond en été.

Au fil de son récit, Seylan repartait dans son pays, loin, au nord de l'Empire, à l'autre bout du monde. Il pouvait presque entendre le chant des oiseaux au matin, le bruit du vent dans les feuilles.

— À deux heures de marche, on rejoint la mer. À cet endroit, au milieu des rochers, le sable est clair comme l'eau de notre lac. On y trouve des chiens de mer qui n'ont pas de pattes, mais des nageoires qui leur servent à vivre sous l'eau.

Il s'arrêta dans son récit, plongé dans ses pensées, le regard rivé sur ses doigts qui glissaient maintenant le long de ceux d'Hadrien.

— Le ciel n'est pas aussi bleu et clair qu'il l'est ici, mais nous offre une pluie abondante. En grimpant le flanc de la montagne près de mon village, on aperçoit l'étendue de la mer, l'horizon et le reste des terres de Calédonie. Il n'y a plus que le bruit du vent dans nos oreilles, l'odeur de la neige sous nos pieds. On pourrait presque entendre les Dieux murmurer.

Hadrien imaginait chacune des descriptions énoncées par Seylan. Son pays était si loin, à des semaines de route de

Rome et semblait si différent. Il devinait que ces contrées lui manquaient et profitait des lentes caresses sur sa peau pour se détendre et ne penser qu'à cet instant. Sa main remonta à sa joue, grava la douceur de sa peau.

— M'y emmèneras-tu quand tu seras affranchi ?

Seylan releva ses yeux sur Hadrien et le fixa un instant. Oserait-il croire à une liberté ? À une vie aux côtés du fils du Consul ? Cette seule question lui réchauffait le cœur, elle signifiait la volonté d'Hadrien de partager davantage que de brèves rencontres entre deux entraînements, deux combats en son nom.

— Le serai-je un jour ?

— Je ferai tout pour que tu le sois, répondit le fils du Consul.

Il se redressa et ponctua sa réplique d'un doux baiser sur les lèvres de Seylan en signe de promesse. Il se recula, le détailla intensément et glissa ses doigts fins dans ses cheveux bruns, soyeux et délicats.

— Je suis sûr que si tu brilles aux yeux de César et de son successeur qui sera bientôt nommé, tu seras un homme libre et je m'enfuirai en Calédonie avec toi.

Seylan entendit son cœur s'affoler et résonner jusque dans sa tête. Hadrien nourrissait un espoir dangereux, une idée illusoire qui éveillait son corps, son être. Il n'osait laisser ses réflexions vagabonder au gré de son imagination. La vie aux côtés d'Hadrien semblait être une utopie faite pour les naïfs et les ignorants. S'autoriserait-il pareils rêves ? Sa main glissa

181

dans ses cheveux blonds et ses lèvres retrouvèrent les siennes dans un baiser plus profond. Il savourait leur texture parfumée, leur finesse s'accordant parfaitement à la beauté de son visage. Les Dieux lui indiqueraient le chemin au fil du temps et il ferait ce que son père lui avait appris : lire les signes là où ils apparaissaient. Son bras enveloppa la taille d'Hadrien et le pressa contre son corps. Seylan n'oubliait pas les événements dramatiques qu'Hadrien avait vécus la nuit dernière. Mais il ne pouvait rompre le moindre contact avec lui, ne saurait résister au goût de ses lèvres. Sa langue rencontra la sienne et un frisson le traversa. Tout chez Hadrien l'avait conquis. Pour lui, il était un esclave consentant.

Hadrien se laissa aller à ce tendre baiser et aux assauts délicats de Seylan. Malgré une douleur persistante, mais plus légère, il parvenait à ne plus réfléchir à cette journée, à son frère, à Trajan ou à la venue de l'Empereur le lendemain. Le temps de cette nuit, il voulait croire que rien ne le séparerait jamais de Seylan, qu'il n'était pas son maître, que Seylan n'était pas un esclave, qu'il ne se battrait pas le lendemain dans l'arène. Jusqu'au lever du jour, Hadrien voulait s'abandonner aux bras de Seylan et ne penser à rien d'autre qu'à ce nouvel instant qu'ils partageaient.

* * *

L'arène d'Aquilée n'avait jamais reçu autant de monde. Des citoyens des villes ou cités voisines s'étaient déplacés pour assister aux jeux organisés en l'honneur de l'Empereur. Rares étaient les fois où les bancs de l'arène étaient occupés tôt le matin ou lorsque le soleil brillait à son zénith. La foule venait voir César, mais aussi le champion d'Aquilée qui combattrait aux côtés de Déimos, l'autre champion du ludus Valerius. L'événement avait été annoncé la veille et les premiers arrivés avaient donc investi des places de choix selon leur statut à Aquilée.

Dans la loge impériale, Hadrien était assis près de Clodia et Trajan et ne disait rien. L'Empereur l'avait salué en arrivant, lui avait présenté ses condoléances pour Arius. Trajan l'avait rassuré d'un regard quand il avait fait face à l'Empereur. Mais tout cela lui avait semblé si facile qu'il craignait un retournement fâcheux que les Dieux seuls pouvaient décider. Hadrien angoissait, songeait au combat qui se déroulerait dans l'arène. Arius n'était pas mort pour rien puisqu'il avait pu décider que Seylan ne combattrait pas seul face aux six gladiateurs de la maison Salvius. Il priait Mars pour que Cairneth et Seylan viennent à bout de ces hommes, l'implorait d'épargner Seylan. En attendant leur entrée, il restait silencieux, entendait Clodia, assise près de Domitien, commenter le combat qui se déroulait et qui précédait celui de Seylan et Cairneth.

— Ce Scaro est très fort à ce qu'on dit. Mais je trouve qu'il recule beaucoup trop face à Falgos.

— Ne vous fiez pas à cela, dit Trajan. Un homme qui se défend peut être tout aussi redoutable à l'attaque.

Marcus restait assis aux côtés de l'Empereur qui l'avait invité à prendre place à sa gauche. Près de lui, se trouvait Hadrien qu'il sentait anxieux depuis l'arrivée de Domitien. L'Empereur se gardait de tout commentaire, mais semblait apprécier l'affrontement qui se déroulait sous leurs yeux. Falgos, le Grec, était aussi un gladiateur renommé, quoiqu'un peu moins que Cyprus, et sa taille était aussi imposante que celle de Scaro. Les deux hommes ne baissaient pas les bras, chacun lâchait ses coups à sa manière. Marcus se redressa sur son fauteuil lorsqu'il vit l'épée de Falgos entailler Scaro à l'arrière du genou. Celui-ci chancela aussitôt et finit par chuter. La foule s'écria dans un même soupir dont l'écho s'éleva dans le ciel. Un autre s'ensuivit sur l'attaque du Grec alors que Scaro restait au sol. Marcus ramena son poing à ses lèvres et jeta un œil sur Hadrien près de lui. Le fils du Consul paraissait vivre le combat avec son gladiateur, réagir à chaque coup d'épée, se crisper à chaque fois que la lame ratait sa cible. Marcus s'en trouvait amusé malgré la tension que ce combat provoquait.

Les gens se mirent à crier au moment où le glaive de Scaro s'enfonça dans le flanc de son adversaire. Marcus le vit se reculer, déséquilibré et reporta son regard sur l'Empereur qui, de toute évidence, appréciait la qualité du combat. Scaro toujours au sol, tenta de se redresser et se leva sur un seul pied. Depuis la loge impériale, tous pouvaient voir sa jambe ensanglantée. Falgos s'écroula sur le sable et Domitien se leva en entendant le public demander la vie de Falgos après s'être montré valeureux. Bien sûr, l'Empereur suivit l'avis de son peuple et laissa le gladiateur en vie. Clodia avait pris soin de détailler son promis, jeta un œil sur la main d'Hadrien refermée sur l'accoudoir de son fauteuil. Elle eut un sourire charmé et osa y poser la sienne dans un geste délicat.

— Votre gladiateur est victorieux en plus d'être en vie, dit-elle.

Hadrien fut surpris par ce contact. Malgré la douceur de Clodia, il était perturbé par ce geste. Hadrien ne parvenait pas à assimiler que cette femme deviendrait sienne, sans doute parce que son cœur était déjà entièrement pris par Seylan. Il préféra ne pas ôter sa main, ne pas contrarier le général Trajan qui avait tant fait pour lui et indirectement pour Seylan. Après tout, cet homme serait un jour son beau-père et il devrait s'habituer à échanger ce type de contact avec sa fille.

* * *

Dans les coulisses de l'arène, Cairneth et Seylan suivirent Scaro des yeux en le voyant soutenu par deux gardes. Celui-ci perdait son sang depuis l'intérieur du genou et ils redoutaient que sa blessure fût grave. Ils n'avaient guère le temps de s'apitoyer puisque leur tour arrivait et l'adrénaline montait. Seylan avait plaqué ses cheveux contre son crâne à l'aide de tresses calédoniennes et demeurait assis sur un des bancs de bois, patient. Devant lui, Cairneth faisait les cent pas, le visage baissé et tentait de se concentrer. Tous les deux avaient passé la matinée à s'entraîner, mais Cairneth percevait une angoisse nouvelle le saisir à l'idée de devoir affronter ces six hommes expérimentés. Il jeta un œil sur Déimos qui ne dégageait rien, ni peur, ni joie, ni excitation. À l'extérieur, ils pouvaient entendre la voix du munéraire annoncer le prochain affrontement, l'entrée des six gladiateurs de la maison Salvius.

— Que fais-tu ? demanda Cairneth à Seylan.

— Je me prépare.

Bien sûr, Seylan percevait aussi cette montée d'adrénaline l'envahir tout entier, exciter ses sens, bouillir dans ses veines.

Ils devraient affronter six gladiateurs et pour ce combat, ils devraient les tuer sans être forcés d'attendre la décision de l'Empereur. Seylan songeait surtout qu'Hadrien était présent, qu'une fois de plus, il le regarderait se battre, qu'il le soutiendrait en silence. Il pensait à leur nuit précédente partagée sans outrepasser aucune limite et ce doux souvenir renforça sa détermination. Il se tourna vers une torche accrochée au mur et recueillit la suie noire de ses doigts. Il traça des marques sur ses joues, comme son peuple avait coutume de le faire avant chaque combat à l'aide d'une couleur bleue.

Cairneth l'examina un instant, troublé par ce rituel qui n'appartenait pas aux gladiateurs, mais aux Calédoniens.

— Nous ne sommes pas en guerre.

— Nous restons Calédoniens, ici ou ailleurs, répondit Seylan.

Seylan saisit deux épées dont les bouts étaient recourbés et ajouta :

— Tuer dans l'arène ou sur nos terres, il n'y a aucune différence.

Cairneth hésita un instant en gardant ses yeux sur Déimos qui ne s'équipait que des deux épées et choisit lui aussi de suivre leur rituel. Après plus de trois années au ludus, il en avait presque oublié ses origines, les traditions de son peuple et cela lui donna davantage de courage. Il soupira profondément et prit un bouclier et un glaive avant de suivre Déimos jusqu'à la grande grille qui les séparait du sable de l'arène. Les autres gladiateurs avaient eu l'autorisation d'assister aux combats, mais ils se trouvaient dans le quartier des Doctor avec Commidus.

Devant la grille qui se leva doucement, Seylan garda ses yeux devant lui, concentré, mais lança à l'attention de Cairneth :

— N'oublie pas, on combat ensemble.

Cairneth ne cessait de se le répéter, mais sa fierté était parfois plus grande que sa raison. Il était le champion d'Aquilée. Il suivit Déimos et entra dans l'arène sous les acclamations de la foule, mais les six gladiateurs les attendaient déjà.

Les deux premiers se ruèrent sur eux et Cairneth esquiva l'épée du premier pour le frapper de son coude dans le dos. Déimos se chargea du second et ne tarda pas à le toucher pour l'affaiblir. Cairneth gardait un œil sur lui, mais déjà, leurs adversaires les avaient éloignés l'un de l'autre. Il para un coup de son bouclier et repartit à l'attaque. Jamais il n'avait eu à combattre ainsi, contre plusieurs adversaires, et il ne lui semblait pas trouver de répit. Lorsqu'il en écartait un, un autre arrivait sur lui et ainsi de suite. Il ne savait dire où se trouvait Déimos. Les cris de la foule s'élevaient, s'amplifiaient dans l'arène, résonnaient comme la voix d'un seul homme, tel le grondement des Dieux. Cairneth réussit à enfoncer sa lame dans la chair d'un des gladiateurs et s'assura de la présence des autres sans tarder. Il leur restait quatre hommes à combattre. Il aperçut Déimos aux prises avec deux d'entre eux et se rua sur le troisième qui s'apprêtait à l'attaquer sur le flanc. Ce dernier le vit approcher et fit volte-face pour bloquer sa lame avant de le repousser violemment du pied. À présent, Cairneth se retrouvait acculé par deux gladiateurs.

De son côté Déimos gardait toujours un œil sur Cairneth. Son cœur battait fort et vite, la chaleur du soleil se mêlait à celle du combat et le rythme effréné des coups qu'il portait ou qu'il parait ne faiblissait pas. Il bascula sa lame, envoya la pointe en arrière sous son bras et la planta dans le ventre du gladiateur dans son dos. Il recula sans tarder pour éviter l'assaut du deuxième et s'assura que le premier fut à terre. Il fit tourner les épées dans ses mains, résolu à ne pas laisser Cairneth seul. De manière inattendue, il courut vers le coin où l'autre Celte se trouvait enfermé devant ses deux adversaires et attaqua le rétiaire muni du filet. Ce dernier était le plus difficile à combattre puisqu'ils devaient d'abord se débarrasser de son filet susceptible de les emprisonner aisément. Son assaut impromptu déstabilisa les gladiateurs qui durent détourner leur attention de Cairneth. Déimos reçut un coup de bouclier en pleine mâchoire et recula d'un pas. Il eut à peine le temps d'arrêter le glaive d'un autre gladiateur avant de reculer de justesse pour éviter une autre lame. Celle-ci lui entailla l'abdomen, mais la douleur ne se fit pas ressentir tout de suite. Il vit Cairneth enfoncer son épée dans le dos de celui qui venait de l'attaquer. À présent, il n'en restait plus que deux. Le rétiaire et le thrace armé d'un glaive et d'un bouclier. Tous les deux portaient des casques pour protéger leur tête. Cairneth et Déimos se retrouvaient face à eux, prêts à parer leurs coups, essoufflés.

— Je prends le rétiaire, fit Cairneth.

— Non, répondit Déimos. Celui-là, on le prendra à deux.

Cairneth fronça les sourcils sur cet ordre catégorique, mais décida de suivre ses propres instincts. Il se rua sur le rétiaire et Déimos dut se précipiter sur le thrace pour éviter qu'il n'attaque Cairneth dans son dos. Ce dernier n'en faisait qu'à sa tête et sa ténacité le mettait dans une position de faiblesse. Il déchaîna sa puissance sur le thrace afin d'en terminer le plus rapidement possible. Du coin de l'œil, il voyait Cairneth reculer sous les assauts du rétiaire aussi armé d'un trident. Cairneth ne pourrait l'atteindre. La longueur de son arme le maintenait à distance et le danger de son filet ne permettait aucun manque de vigilance. Déimos para quelques attaques du thrace et finit par le toucher en esquivant sa lame par une roulade sur le sol. Sa touche affaiblit son adversaire et il abattit son épée sur lui sans tarder avant de se précipiter vers Cairneth. Celui-ci se retrouvait dos au mur, sans épée, seulement muni de son bouclier. Le rétiaire en profita pour jeter son filet sur lui et le Celte se retrouva empêtré dans ses mailles. Déimos courut à toute vitesse en direction du rétiaire et le plaqua brutalement en l'empoignant par la taille. Tous les deux tombèrent sur le sol, sous un nuage de poussière qui s'éleva sous leur poids. Déimos se releva à la hâte pour s'écarter du gladiateur imposant et jeta un regard sur Cairneth qui se libérait du filet.

— Attrape ! fit-il en lui lançant une de ses épées.

Déimos reporta ses yeux sur le gladiateur debout devant eux. Il savait que ce dernier serait le plus pénible, le plus robuste. Son trident à la main, il les menaçait par quelques feintes, les tenait à distance. Cairneth s'était approché de Déimos, à bout de souffle et de force. Il l'entendit :

— Par les flancs.

Cairneth et Déimos s'éloignèrent peu à peu afin de tourner autour du gladiateur, mais celui-ci se rua sur Déimos, le trident à la main. Il tenta de le lui planter dans le ventre, mais Déimos l'esquiva. Le coude de son adversaire s'écrasa contre sa joue et le déséquilibra. Le rétiaire évita l'attaque de Cairneth dans son dos en se détournant et le frappa au flanc avec le manche métallique de son trident. La violence de l'impact coupa le souffle du Celte qui chancela à son tour. Il bloqua les pointes de son arme à l'aide de la sienne et jeta un regard sur Déimos qui avait récupéré une deuxième épée.

Seylan en avait assez de ce combat ridicule, de cet homme à la fourche. Il fit tourner les épées dans ses mains et se baissa pour éviter le trident. Dans ce mouvement, il lui entailla le mollet et le poussa à se reculer. Cairneth en profita pour faire voler son trident d'un savant coup de pied. À présent, le gladiateur était désarmé et la foule exigeait sa mort dans des cris incessants. Les deux Celtes se jetèrent un regard et Cairneth planta son épée dans l'abdomen de leur adversaire avant que celle de Déimos ne la rejoigne. Le gladiateur s'écroula devant eux, sur le sable de l'arène. Dans l'excitation, Cairneth étreignit Déimos qui s'en retrouva surpris tandis que la foule hurlait leur nom dans une cacophonie infernale. Cairneth se recula et se retourna vers le public avant de pousser un cri de victoire, heureux et excité. Déimos leva le bras en direction des gens, mais ses yeux étaient repartis sur la loge impériale pour s'assurer de la présence d'Hadrien. Les Dieux l'avaient encore une fois épargné malgré les six gladiateurs. Cairneth et lui avaient finalement réussi à s'entendre malgré la ténacité de Cairneth qui avait failli leur coûter la vie.

* * *

Hadrien avait senti son cœur s'affoler et se serrer chaque fois que ces maudits gladiateurs avaient tenté de toucher Seylan. Contrairement à la foule, il n'avait pas été expansif, mais n'avait eu nul besoin de crier pour que Marcus Trajan traduise les émotions sur les traits de son visage. Il regarda ce dernier et demanda de façon spontanée :

— Vous avez vu ? Ne sont-ils pas incroyables ?

Clodia esquissa un léger sourire, charmée par la fraîcheur et le naturel spontané d'Hadrien. Ce dernier était une bouffée d'air frais au milieu des soldats de son père. Elle s'apprêtait à répondre, mais l'Empereur la précéda, satisfait du spectacle :

— Quel combat ! Ils sont extraordinaires ! Je les veux au Colisée.

Hadrien regarda l'Empereur qui, malgré son âge et sa maladie, s'était déplacé à Aquilée pour visiter le ludus Valerius. Sa remarque faisait écho à celle de son père. Lui aussi voulait voir ses gladiateurs dans l'arène et il osa répondre :

— Je crois que mon père prévoit de les amener à Rome, Altesse.

L'Empereur prit la coupe d'eau qu'un de ses serviteurs lui tendait et garda son léger sourire.

— Oui, il m'en a parlé.

Domitien se leva péniblement et Marcus l'aida aussitôt. L'Empereur rajouta en relevant ses yeux sur Hadrien :

— Et j'aimerais les voir.

Hadrien se leva également, incertain :

— Vous voulez voir les gladiateurs ?

— C'est exact. J'aimerais les rencontrer, les voir de plus près.

Le général se permit d'intervenir :

— Peut-être pouvons-nous rejoindre le ludus Valerius, Altesse. Nous y serons à l'ombre et au calme, et vous pourrez converser avec eux.

— Excellente idée, approuva-t-il. Allons donc voir ce célèbre Ludus.

Hadrien mesurait l'honneur que l'Empereur faisait à sa famille. Il regrettait seulement que son père et sa mère soient absents. Dans un sens, que l'Empereur porte de l'intérêt à Seylan le rassurait aussi et, si César voulait Seylan à Rome, alors il y rejoindrait Clodia et son père le cœur plus léger. Hadrien était incapable d'imaginer un avenir quelconque loin de Seylan et ses pensées ne cessaient de vagabonder sur la vie qu'il pourrait partager avec lui quand il serait libre.

L'Empereur, entouré de la garde Prétorienne, Hadrien suivit Marcus Trajan ainsi que les amis proches de César à travers les couloirs de l'arène. Il constatait que sa fille Clodia restait près de lui. Une fois aux portes de l'arène, les gardes écartèrent les citoyens curieux qui s'étaient approchés et l'Empereur rejoignit la voiture impériale tirée par quatre chevaux. Cette voiture était aussi large que haute et Hadrien en devinait tout le confort. Il dut cependant rejoindre la sienne et s'arrêta un instant en voyant au loin, à travers la foule, Commidus quitter l'arène avec Seylan et les autres gladiateurs. Scaro était porté par Azes et Cyprus qui l'aidèrent à monter dans la voiture destinée aux gladiateurs, un chariot dont les grilles gardaient les hommes emprisonnés.

— Puis-je monter avec vous ? demanda Clodia.

— Bien sûr, fit Hadrien en grimpant dans sa voiture.

Il ponctua sa dernière réplique d'un léger sourire tandis que la voiture se mettait en route pour la demeure Valerius.

* * *

De retour au ludus, Commidus s'empressa de dire aux gladiateurs de se laver et de se préparer pour la visite de l'Empereur. Rares étaient les fois où les ludus en dehors de Rome recevaient de tels les honneurs. Domitien avait dû apprécier les combats dans l'arène pour exiger une rencontre avec les combattants.

Avant de rejoindre les autres dans la salle des bains, Seylan fit un détour par les quartiers de Medicus. Il vit Scaro allongé sur le dos, les yeux fermés. Il n'avait pas eu le temps de le voir puisqu'il était monté dans l'autre voiture pour le retour. Il regarda Medicus et demanda :

— Va-t-il s'en sortir ?

Medicus préparait quelques-unes de ses potions, des coupes de ses breuvages. Il lança un regard vers Déimos avant de se remettre à la tâche.

— Je ne sais pas. Sa blessure est profonde et des ligaments sont touchés.

Déimos soupira en silence, les yeux sur Scaro qui s'était battu jusqu'au bout, qui avait remporté la victoire sur Falgos. Il avait eu sa revanche, mais à quel prix ?

— Déimos, fit Commidus dans son dos.

Il porta son regard sur le Doctor qui lui indiqua de rejoindre les autres et de suivre ses ordres. Il quitta la pièce, suivi par Commidus qui reprit en marchant dans le couloir avec lui :

— L'attachement est dangereux pour un gladiateur.

Seylan fronça les sourcils sur cette remarque de Commidus et s'arrêta pour le regarder. Commidus n'avait pas pour habitude de s'étendre dans de longs discours avec eux. Il tenait à préserver la différence entre entraîneur et combattants, une différence qui renforçait son autorité sur les hommes.

— La mort peut frapper à tout moment. Ici, dans l'arène, aujourd'hui, demain, reprit-il. Tu pourrais avoir à tuer l'un d'entre eux un jour.

Seylan avait déjà pensé et réfléchi à cette question d'attachement, de lien fraternel ou amical tandis qu'ils étaient tous formés à tuer.

— Que serions-nous sans cela ? demanda Déimos dans ses

pensées.

Commidus le détailla un instant sur cette question et ne trouva aucune réponse susceptible de correspondre à ses conseils. La première qui lui venait était : des bêtes. Sans attachement, sans lien, les gladiateurs ne seraient plus que des bêtes qu'on mène à l'abattoir, destinés à massacrer pour survivre. Il espérait simplement que Déimos mesure l'importance de cette question, de ce problème. Il le regarda s'éloigner vers la salle des bains sans avoir dit un mot de plus.

Après le bain, les gladiateurs les plus renommés furent demandés à l'étage afin d'accéder à la demande de l'Empereur Domitien. Les gladiateurs avaient profité de se voir dans la salle des bains pour féliciter une nouvelle fois Cairneth et Déimos. Entre eux, sans les maîtres, sans les Romains, ils pouvaient s'exprimer plus librement. Avant qu'ils ne rejoignent l'étage, Commidus les prit à part afin d'expliquer le déroulement de cette soirée particulière :

— Lorsque vous serez devant l'Empereur, vous devrez vous agenouiller et baisser la tête. S'il vous pose une question, répondez, sinon gardez le silence. Faites ce qu'il vous demandera de faire et ne lui tournez jamais le dos avant qu'il en ait terminé avec vous. Ai-je été assez clair ?

— Oui, Doctor, firent les gladiateurs d'une même voix.

Une fois à l'étage, Azes, Cyprus, Syllus, Cairneth, Déimos et deux autres s'alignèrent dans l'atrium, présentés aux amis de l'Empereur et à ses invités. Sa garde prétorienne, des militaires en armure sombre et noire, veillait sans relâche sur le protecteur de Rome. Bien sûr, un garde se tenait derrière chacun des gladiateurs, attentif au moindre geste de leur part. Cairneth et Déimos furent amenés à l'Empereur, comme il avait été convenu.

Assis sur un grand fauteuil confortable, Domitien saisit la coupe de vin qu'on lui tendait tout en observant les gladiateurs à quelques mètres de lui. La maison Valerius avait toujours su l'accueillir dignement, avec danseurs, festins et divertissements en tout genre. Il vit les deux hommes s'agenouiller devant lui et les détailla avec insistance et minutie.

Seylan gardait le visage baissé autant que Cairneth, tels étaient les ordres de Commidus. Seylan n'avait même pas eu le temps d'apercevoir Hadrien au milieu de tous les invités. Ils étaient plus nombreux que lors de la dernière soirée. À présent, il se trouvait dans une position humiliante devant celui que son peuple considérait comme l'ennemi. Si son père le voyait, que dirait-il ? Déshonorait-il sa famille, les siens, tous ceux qui se battaient encore en Calédonie, contre l'invasion romaine ? Il le craignait, mais avait-il seulement le choix ?

— Levez-vous, levez-vous, fit l'Empereur d'une voix usée par l'âge.

Ils s'exécutèrent, mais leur regard demeura rivé sur un point invisible, afin de ne pas déroger aux règles. Seylan aperçut le militaire, le général Trajan dont la fille devait épouser Hadrien. Il se força à faire abstraction de sa présence, parfaitement conscient qu'il avait les faveurs de son chef puisqu'il se trouvait à sa droite.

— Vous êtes Celtes, n'est-ce pas ? demanda l'Empereur, curieux et intrigué.

— Oui, Altesse, répondit Cairneth.

— Des rumeurs disent que vous venez des terres inconquises de Calédonia. Est-ce exact ?

— Oui, Altesse, répéta Cairneth.

Seylan, lui, n'avait pas à répondre puisque Cairneth le faisait à sa place. Il vit l'Empereur se lever dans des mouvements difficiles et le général l'aider. Domitien s'approcha d'eux et les examina avec attention, sa main sur le bras du Général Trajan.

— Vous êtes de très bons gladiateurs, fit-il.

Il reporta son regard sur le Celte aux cheveux bruns qui n'avait pas dit un seul mot depuis son arrivée.

— Déimos, n'est-ce pas ?

Seylan avala difficilement à l'idée de devoir converser avec l'ennemi de son peuple. Son regard droit devant lui.

— Oui, Altesse.

— Des bruits circulent dans tout l'Empire, reprit Domitien. Des rumeurs à ton sujet. On m'avait dépeint les Calédoniens comme des brutes assoiffées de sang, mangeurs d'enfants, mais je m'aperçois que tout cela n'est que mensonge. Ces rumeurs sont-elles vraies ? Es-tu le descendant du si terrible

Calgacus ?

Seylan s'était attendu à cette question de la part de l'Empereur. Ces rumeurs couraient à une allure folle, traversaient tout le pays, tout l'Empire, aussi vite que le vent.

— Oui, Altesse.

Un silence s'installa dans la pièce, entre l'Empereur et le gladiateur. Domitien le détaillait toujours, sans relâche, comme s'il espérait obtenir des réponses, des solutions aux problèmes incessants qu'il rencontrait en Calédonia depuis des années.

— As-tu combattu nos légions du Nord ?

— Oui, Altesse.

— Je sais reconnaître l'honneur quand je le vois. Je saurai désormais quels termes employer pour décrire les Calédoniens. Ce moment est important, célébrons-le, célébrons votre victoire à toutes les deux.

Hadrien était debout dans l'allée, à la droite de Seylan qui ne l'avait pas vu. Même si cette villa était celle des Valerius, en cette soirée de visite de l'Empereur, tout ce qui appartenait à son père était à César. Il vit Cairneth et Seylan repartir à leur place, l'Empereur repartir s'asseoir sur un siège devant les grandes tables dressées face au bassin de l'atrium. Un festin avait été préparé en son honneur et des senteurs de viandes de mouton et de brebis embaumaient les lieux. Le vin était servi par les esclaves des Valerius qui ne cessaient d'aller et venir depuis les cuisines pour servir les convives.

Hadrien chercha Octavia du regard sans la trouver. Il lança alors un coup d'œil vers la chambre, où le corps d'Arius était gardé et s'y rendit avant de la voir assise près du cadavre de son frère. Celle-ci le vit enfin et dit d'une voix larmoyante :

— Les Dieux ont été cruels de le faire mourir si jeune.

Hadrien aurait voulu dire à Octavia la vérité sur Arius, mais comme Auxilius le lui avait dit, il devait garder en mémoire le frère qu'il avait été avant et non l'homme fou et bestial qu'il était devenu.

— Ils devaient avoir leur raison, tenta-t-il.

Octavia sécha ses larmes, prit la main d'Arius et y posa un léger baiser avant de se lever et de faire face à Hadrien.

— Réjouissez-vous pour lui, Octavia, fit Clodia en entrant dans la pièce. Arius profite de la beauté des Champs Elysées à l'heure qu'il est.

La réplique de la fille de Trajan ne sembla pas convaincre Octavia qui quitta la pièce encore en larmes. Hadrien se tourna vers elle et celle-ci lui demanda :

— Pourquoi fuyez-vous cette soirée ?

— Je peux vous retourner la question, fit Hadrien pour éviter de répondre.

Clodia sourit légèrement, charmée, sa coupe de vin dans les mains, et profita de ce moment de calme à l'écart des invités pour détailler les traits fins d'Hadrien Valerius, son futur époux.

— Si vous ne m'étiez pas promis, je vous demanderais de m'épouser.

Hadrien pinça un léger sourire sur cette déclaration qui le gêna. Malgré toute la gentillesse dont Clodia faisait preuve, il ne se sentait pas à l'aise. Le voyant troublé, Clodia glissa sa main sous son bras et demanda :

— Venez, retournons près de l'Empereur, nous aurons bien le temps de discuter quand nous nous retrouverons à Rome.

Debout près des autres gladiateurs, entre Cairneth et Syllus, Seylan se tendit en posant son regard sur le couple qu'Hadrien et la fille du général devaient bientôt former. Il sentait son cœur se serrer à la vue du bras cette femme autour de celui d'Hadrien. N'y avait-il donc pas de justice en ce monde ? L'Empereur s'était montré courtois, clément avec lui, malgré ses liens de sang avec l'un des ennemis de l'Empire. Pourtant, rien ne changeait : il restait parmi les esclaves et Hadrien parmi les maîtres. Il se souvenait de sa remarque de la veille, de son idée de fuir avec lui pour la Calédonie. Cela n'était que chimère et illusion. Son regard repartit sur Hadrien, comme aimanté, et le vit sourire à ses amis, aux côtés du général. Tous les deux semblaient se réjouir. Il détourna les yeux, brûlés par cette scène insupportable. Le pire était sûrement qu'il n'avait rien à reprocher à cette femme qui donnait son bras à Hadrien. Ce dernier lui avait fait part de ses obligations, alors à quoi s'attendait-il ? Un groupe de jeunes femmes approcha en riant et l'une d'entre elles glissa sa main sur la joue de Seylan en le détaillant.

— Es-tu réellement un Celte ? interrogea-t-elle.

Seylan fronça les sourcils sur cette question absurde et ridicule. Les amies de la Romaine se mirent à rire et celle-ci poursuivit sa découverte en baladant sa main sur le torse de Seylan.

— Tu en as la force et l'aspect...

— Les Celtes n'ont pas le même sang que nous, Livia. Il n'est peut-être pas totalement Celte, qui sait...

La Romaine qui venait de parler ricana comme les trois autres. La première, du nom de Livia, reprit en penchant la tête sur le côté dans ses observations du corps de Déimos :

— Tu devrais vérifier par toi-même, Livia, lança une troisième.

Seylan gardait les sourcils froncés devant pareil comportement. Ces femmes n'avaient aucune considération. Croyaient-elles réellement que le sang celte n'était pas le même que le leur ? Étaient-elles à ce point incultes ? Les Romains se disaient pourtant maîtres dans la littérature, l'art et les sciences autant que l'étaient les Grecs. Seylan avait appris à connaître l'arrogance des Romains sur certains sujets. La Romaine le fixa, sa main sur son ventre et demanda :

— Es-tu ce que beaucoup racontent ? Une créature mi-homme, mi-Dieu ? Tel Hercule, fils de Jupiter ?

Seylan ne connaissait pas cet homme du nom d'Hercule dont

parlait la Romaine, mais il n'était certainement pas mi-homme, mi-Dieu.

— Non, répondit-il sans hésitation.

Près de lui, Cairneth et Syllus ne disaient rien. Ils ne savaient s'ils devaient s'amuser de l'ignorance de ces Romaines ou s'ils devaient en être embarrassés pour Déimos. Cairneth n'avait pas apprécié les remarques au sujet de son peuple et de son sang, mais il n'avait pas dit un mot puisque cela lui était interdit. La deuxième Romaine, celle qui avait affirmé cette remarque effrontée sur le sang celte s'approcha de Cairneth et l'examina aussi.

— Cairneth est Celte aussi, fit la Romaine avant de s'adresser à celui-ci. As-tu déjà vu Déimos ? Sans vêtements ?

— Oui, répondit Cairneth, las de ces questions ennuyeuses.

— Et alors ? fit la Romaine dans un sourire avide et impatient. A-t-il des attributs divins ?

— Non, répondit Cairneth.

— Cesse donc tes questions, Asina, fit Livia.

Livia tourna autour de Déimos pour le détailler de plus près et revint devant lui. Ses amies se chargeaient d'examiner les autres gladiateurs. Les combattants de la maison Valerius étaient réputés jusqu'à Rome et nombreuses étaient les personnes qui parlaient de Déimos depuis quelques jours. L'Empereur avait raison : les rumeurs couraient et affirmaient une foule de choses aussi saugrenues que troublantes. Livia fixa le gladiateur celte aux cheveux bruns et s'approcha un peu pour demander à voix basse :

— Une Romaine t'a-t-elle déjà demandé de lui donner du plaisir ?

Seylan fut surpris par cette question. Il força son regard à ne pas repartir sur le fils du Consul, à rester rivé dans le vide pour ne rien dévoiler. La Romaine attendait sa réponse et le fixait.

— Non, répondit Seylan.

Le sourire de Livia révéla sa satisfaction.

Plus loin, près du Général, Hadrien n'avait eu de cesse de lancer des regards à ces femmes, des amies d'Arius qui ne valaient pas mieux que certaines courtisanes. La plupart mariées, elles trompaient leurs maris quand bon leur semblait. Hadrien n'avait pas de preuve, mais il connaissait les mœurs de ces femmes, Arius lui en avait parfois parlé avant de partir en Dacie. Il n'écoutait pas ce que disait l'Empereur à propos de la guerre qui se tenait en Germania. Il avait simplement retenu que Trajan y retournerait avec des milliers d'hommes. Pour l'heure, son principal problème était de voir Livia rester autour de Seylan. Il regarda Clodia dont il ôta la main de son bras.

— Pardonnez-moi, je reviens dans un moment.

Cette dernière lui sourit et Hadrien n'attendit pas pour s'approcher des gladiateurs et plus particulièrement de Seylan et Livia. Cette dernière le regarda et sourit :

— Hadrien, tu tombes bien.

Le concerné n'eut pas le temps de rester davantage près de Seylan que Livia l'entraîna à l'écart et demanda tout bas :

— Te souviens-tu des petits arrangements que j'avais avec ton frère ?

Hadrien fronça les sourcils.

— Quels arrangements ?

— Et bien, parfois, Arius m'accordait une nuit avec Cyprus ou Azes. Contre une somme raisonnable, cela va de soi.

Hadrien comprit aussitôt où Livia voulait en venir et répondit sans attendre :

— Arius est mort.

— Je sais, mon cher. Et j'en suis profondément navrée. C'est une lourde perte pour votre famille. Mais Déimos m'a confié qu'il n'avait jamais rendu service à des femmes de notre sang. Des services charnels. Accorde-moi une nuit avec lui et je te ferai amener de magnifiques bijoux. Des saphirs, je sais que tu en raffoles.

Hadrien s'imaginait jeter Livia dans la fosse aux lions pendant les prochains jeux. Il se contenta de répéter :

— Arius est mort.

Et il ajouta :

— Si tu y tiens tant, demande à mon père, il est en route pour le ludus.

Livia plissa les yeux en comprenant le refus catégorique d'Hadrien malgré sa proposition intéressante. Sans dire un mot de plus, elle se tourna vers ses amies et fit mine de sourire en se rapprochant d'elles et des autres gladiateurs.

Hadrien posa aussitôt son regard sur Seylan, désolé qu'il soit ainsi rendu au rang d'esclave pour satisfaire les désirs de l'entourage de l'Empereur. Il s'approcha de Commidus.

— Qu'ils retournent dans leurs quartiers. Ça fait des heures qu'ils sont là à divertir tout Aquilée.

Commidus acquiesça :

— À vos ordres.

Il se tourna vers les gladiateurs et leur commanda de quitter l'Atrium. Même s'il ne commentait pas les ordres du fils du Consul, il savait que celui-ci réagissait différemment depuis la mort d'Arius. Jusqu'alors, Hadrien s'était tenu en retrait de la gestion du ludus Valerius, mais, depuis l'arrivée du Celte, il s'impliquait comme il ne l'avait jamais fait auparavant.

Hadrien les regarda s'éloigner et entendit résonner la voix de l'Empereur :

— Je vais demander une minute de votre attention avant de me retirer.

Le silence revint dans l'Atrium où tous les invités cessèrent de festoyer, leurs regards posés sur l'Empereur Domitien. Ce dernier ramena sa main devant ses lèvres, toussa un peu, malade depuis des mois. Il se reprit et regarda l'assemblée avant de reprendre d'une voix fatiguée :

— L'annonce que je vais vous faire sera officialisée à Rome dans quelques jours.

Il porta son regard sur le général Trajan qui s'était levé, près de lui et reprit :

— À ma mort, je laisserai le sort de Rome entre les mains du Général Marcus Trajan. Je ne trouverai plus digne successeur que lui.

Il jeta un œil sur Trajan avant de le reporter sur les invités.

— Dans quelques jours, lorsque la famille Valerius aura traversé la dure épreuve qu'elle connaît en ce moment, nous célébrerons le mariage d'Hadrien Valerius et de la fille du Général Trajan à Rome. Puissent les Dieux leur accorder les faveurs qu'ils méritent.

Il leva sa coupe et but une gorgée avant que les invités ne félicitent le successeur de Domitien, ainsi que le futur époux. Le Général avait été informé du projet par l'Empereur lui-même, la veille. Il avait été surpris puisqu'il ne s'était jamais vu prendre la tête de l'Empire. Il avait donc pris un moment de réflexion avant de prendre sa décision. À présent, l'annonce était faite et une partie de l'entourage de l'Empereur était maintenant informée.

Hadrien s'était figé. Domitien venait de nommer le général

Trajan, son futur beau-père, comme son successeur. Arius avait été bien prétentieux de croire qu'il aurait eu les faveurs de César, se disait-il. Mais surtout, si le général devenait Empereur, il deviendrait également son successeur. Tous les applaudissements, regards et sourires lui étant destinés lui rappelèrent la portée de cette nouvelle. Jamais Hadrien ne se serait attendu à pareil honneur. Son père savait-il ? Il se marierait à Clodia et Trajan prendrait la tête de l'Empire. Un choix qui ne l'étonnait pas de la part de l'Empereur. Trajan était aimé, respecté en tant que général et pour cause, les citoyens de Rome aimaient les batailles, surtout les victoires glorifiant l'Empire. Hadrien savait ce qui se disait au sujet du père de sa future femme : Trajan portait un grand respect au Sénat et donc aux décisions du peuple. Il serait un bon Empereur pensait-il. Mais lui ? Son éducation était-elle suffisante pour assumer le poids d'un tel honneur ? Après l'exaltation venaient déjà les doutes et son esprit retourna très vite vers Seylan. Peut-être pourrait-il l'emmener avec lui ? Mais comment ferait-il pour le voir si sa place était au palais Impérial près de son épouse ? La confusion qui gagnait Hadrien était sans borne.

— Eh bien, je vous félicite, très cher, fit Aulus qui le sortit de ses réflexions.

Hadrien se reprit et força un léger sourire.

— Merci, je suis très heureux de cette nouvelle, mentit-il.

Hadrien savait que les hommes de l'entourage d'Arius venus ce soir devaient l'envier. Il n'avait pas manqué les regards que certains portaient au général avant l'annonce de l'Empereur. Hadrien n'était pas stupide, savait que sa future épouse devenait l'une des femmes les plus puissantes de Rome ce qui charmait nombre de citoyens de la plus haute classe sociale de l'Empire. Elle était le meilleur parti à conquérir, se disait-il, mais tout avait été arrangé de façon minutieuse par son père et Trajan.

Octavia s'empressa de venir le voir et de l'entraîner à l'écart.

— Quelle annonce incroyable. Tu ne sembles pas surpris ! Tu aurais pu me dire que tu étais notre futur Empereur.

— Je l'ignorai, répondit Hadrien en s'arrêtant près d'un trépied où était posé un vase fleuri.

Octavia plissa les yeux :

— Tu ne sembles pourtant pas ravi. Est-ce que je me trompe ?

Hadrien lança un regard vers Clodia qui se tenait toujours près de son père et de l'Empereur Domitien. Il lui renvoya le sourire qu'elle lui offrit, incertain quant à sa réponse. Était-il ravi ? Comment le savoir ? Son frère venait de mourir, il mentait à sa future épouse et à son père. Comment pouvait-il profiter de telles annonces ? Il regarda finalement Octavia et répéta :

— Je suis très heureux.

— Quand tu seras marié et que tu résideras au palais impérial, j'espère que tu n'oublieras pas ta vieille amie d'Aquilée.

Hadrien sourit. Les demandes commençaient et il n'en fut pas étonné.

— Ne t'en fais pas. Je ne t'oublierai pas, répondit-il davantage dans un réflexe destiné à rassurer Octavia.

Des semaines plus tôt, ces annonces auraient fait la joie profonde d'Hadrien. Rome lui ouvrait ses bras, l'Empereur lui-même créditait son mariage avec la fille du plus grand général de Rome. Tout lui souriait comme si les Dieux lui soufflaient de prendre cette voie, de se détourner de la maison des gladiateurs. Hadrien se perdait dans ses tentatives de réflexion. Une fois à Rome, qu'en serait-il de Seylan ? Même si l'Empereur et son père ordonnaient d'envoyer Déimos combattre au Colisée, ils ne vivraient plus sous le même toit. Comment Hadrien pourrait-il revoir son Celte dans de telles conditions ? Son seul espoir était de demander à son père de l'affranchir, mais cela ne s'était jamais vu. Le nom de Déimos était sur toutes les lèvres de l'Empire, de Domitien lui-même. Il devait trouver une solution avant de devoir partir pour Rome. La mort d'Arius lui accordait quelques jours de répit, mais une fois les funérailles célébrées, on l'arracherait au ludus et à son ancienne vie pour accomplir ses devoirs.

* * *

Les jours qui suivirent la visite de l'Empereur furent marqués par l'organisation des funérailles d'Arius. Sarrius et sa femme étaient revenus le lendemain de la soirée en l'honneur de Domitien qu'ils avaient croisé sur la route. Sarrius s'était brièvement entretenu avec l'Empereur au sujet de la mort de son fils, du mariage de son cadet avec Clodia et de sa succession au trône. Deux jours durant lesquels le corps d'Arius avait été exposé dans l'atrium pour que les familles influentes d'Aquilée puissent se recueillir. Telle était la coutume chez les Romains lorsqu'un membre d'une riche famille mourait. Pour cette cérémonie, le corps avait été lavé, parfumé et orné de pétales de fleur. On avait glissé une pièce de monnaie sur sa langue à l'attention du passeur Charon dans le royaume des morts. Les citoyens de la cité n'avaient cessé d'affluer pour présenter leurs condoléances à la famille, aux parents. Sarrius avait ordonné à Commidus la suspension des entraînements le temps d'accomplir les rites funéraires.

Clodia avait décidé de rester auprès d'Hadrien et de sa famille. En tant que future épouse, elle avait jugé respectueux de partager leur peine. La nuit suivant le deuxième jour, toute l'assemblée, les proches de la famille, ses membres, avaient marché jusqu'à la nécropole, une terre bénie réservée aux morts, en dehors de la ville. Le corps d'Arius avait été allongé sur un bûcher et toutes les personnes présentes écoutaient l'éloge panégyrique, le discours à l'attention d'Arius. Son casque sous le bras, vêtu de son uniforme de général, Trajan demeurait aux côtés de Clodia et d'Hadrien qu'il vit déposer un baiser sur les lèvres de son frère comme la tradition l'exigeait. Par ce baiser, il recueillait le dernier souffle d'Arius et le laissait donc partir vers le royaume des morts. Les rites funéraires devaient être suivis avec précision pour que le défunt trouve sa place dans l'autre monde, selon son rang. Marcus jeta un œil sur Sarrius qu'il voyait digne, droit tel l'homme qu'il avait toujours connu. Il avait préféré lui dire qu'Arius avait été tué par un esclave lors d'une sortie en ville, que le coupable avait été châtié à la hauteur de son crime, comme il l'avait expliqué à Domitien. Ainsi, Sarrius et Flavia, sa femme, pourraient porter le deuil sans rompre sous le poids du déshonneur. Arius restait à leurs yeux, un fils aimé et chéri malgré ses défauts. Il jeta un œil vers le général Caïus Antelius, ami d'Arius présent lui aussi, tandis que Sarrius amenait la torche au bûcher pour l'enflammer. Il connaissait quelques-unes des personnes de l'assemblée, croisait des regards et saluts de la tête. L'annonce de la succession de Domitien avait déjà dû faire le tour d'Aquilée. L'Empereur avait officialisé la nouvelle à Rome, devant le Sénat. Certains s'étaient joints à la cérémonie, seulement pour se montrer, se faire remarquer de la famille ou d'autres influents. Même si les rites funéraires importaient pour le défunt et sa famille, ils étaient aussi pour quelques citoyens ambitieux l'occasion de gravir quelques marches. Tout pouvait être prétexte à une ascension, surtout lorsque le successeur de l'Empereur était présent.

Hadrien n'avait pas dit un mot, coupable de voir sa mère pleurer la mort d'Arius. À son sens, son frère ne méritait pas les honneurs que tout Aquilée lui donnait pour ses funérailles. Qu'auraient-ils pensé d'apprendre que le grand Arius Valerius avait violé son frère ? Hadrien en gardait un goût amer sur ses lèvres, conscient qu'il porterait ce lourd secret toute sa vie.

De retour au ludus Valerius, sa mère posa l'urne en or sur un support de marbre offert par Marcus et installé à l'entrée de la villa. À côté de l'urne trônait déjà celle de son grand-père, Maximus Valerius, parce que telle était la coutume lorsqu'un membre de la famille décédait. Les cendres étaient conservées pour préserver la mémoire et la gloire de la famille. Il vit son père entrer dans son bureau, accompagné du général. Intrigué, il s'approcha pour écouter et entendit son père :

— Nous repartons pour Rome dans deux jours. Je laisse à ma femme le temps de se remettre de notre voyage et de l'enterrement d'Arius. Hadrien viendra avec nous... Je ne veux plus qu'il reste seul ici. Un autre esclave pourrait perdre la raison et vouloir le tuer à son tour.

Hadrien avait baissé la tête, l'oreille attentive et le regard vers le sol. Deux jours... Son père voulait le ramener avec lui dans deux petits jours. Il serait donc bientôt séparé de Seylan.

— Je comprends ton inquiétude, fit Trajan, et j'ai une suggestion à te faire. Une fois le mariage de nos enfants célébré, je retournerai en Germania pour terminer la guerre que j'ai commencée. Je pensais emmener Hadrien, avec ta permission bien sûr.

Il entendit son père rire légèrement :

— Tu n'auras point besoin de ma permission quand tu seras nommé Empereur. Hadrien sera ravi de t'accompagner. Il a toujours voulu découvrir les contrées conquises de l'Empire.

Mais il n'en était rien, Hadrien ne voulait pas partir, ni à Rome, ni en Germania, ni ailleurs. Il avait réfléchi toute la journée pour trouver un moyen, une raison de demander à son père que Seylan soit affranchi, mais n'en avait trouvé aucune. Après avoir entendu ces projets le concernant, tout semblait se retourner contre lui. Était-il maudit des Dieux, de Cupidon lui-même qui lui avait fait goûter à l'amour véritable pour l'en éloigner à jamais ? Hadrien en avait assez entendu. Il s'éloigna vers sa chambre, confus, perdu, angoissé. Toute vie lui semblait impossible si Seylan n'était pas près de lui. Il avait envisagé les pires difficultés dans la mesure où il aurait vécu dans un ludus abritant Seylan, mais comment pourrait-il vivre, manger, respirer si on l'envoyait à l'autre bout du monde, loin de Rome, loin de son Celte ? Tous les signes se réunissaient pour le faire renoncer à son amour pour Seylan. Que devait-il donc faire pour se libérer de toutes ces obligations ? Autant que son amour, Hadrien était un esclave, enchaîné aux décisions prises par des proches qui l'aimaient. Qu'il fût le fils du Consul ou futur époux de la fille l'Empereur, sa vie ne lui appartenait pas, ne lui avait jamais appartenu. Ses richesses ne valaient rien ni même son statut et le mot liberté prenait alors un tout nouveau sens à ses yeux.

Debout sur la terrasse de sa chambre, devant le muret, son regard partit sur les quartiers des gladiateurs. Seylan était là, si proche et pourtant si loin. Un rien les séparait, mais des règles, des lois se dressaient entre eux pour meurtrir leur passion. Hadrien ne voulait croire que tout serait éphémère et songeait qu'il existait pourtant un moyen de vivre pleinement leur amour : fuir. Fuir le ludus avant qu'il ne soit marié. Fuir avant qu'il ne soit envoyé à Rome puis contraint de partir en Germania. Hadrien devrait alors choisir entre ses devoirs envers sa famille, envers l'Empire, envers le général et ses désirs les plus profonds. Sa raison n'avait guère de poids contre son cœur gonflé d'amour pour Seylan.

* * *

Seylan avait rejoint sa cellule dont l'accès était libre depuis qu'il avait fait ses preuves. Il n'avait pas revu Hadrien depuis la soirée avec l'Empereur, ne lui avait même pas parlé par l'intermédiaire de messages. On avait retranché les gladiateurs dans leurs quartiers, privés d'entraînement pour la cérémonie funèbre en l'honneur d'Arius. Ils s'étaient réjouis du vin qui leur avait été offert afin d'étancher leur ennui et leur soif par la même occasion. Ils en avaient profité pour jouer aux dés, aux dames, se faire masser, se baigner et plaisanter. Rares étaient les journées libres comme les deux dernières, où leurs occupations se limitaient à apprécier le temps qui passe.

Seylan et Cairneth s'étaient rapprochés suite à leur dernier combat, leur victoire partagée. Cairneth avait su reconnaître ses torts, comme il savait reconnaître le fils de leur chef en la personne de Seylan. Celui-ci lui avait sauvé la vie et ne l'avait pas abandonné face au rétiaire. Il appréciait maintenant la compagnie de Seylan. Tous les deux parlaient parfois la langue des Calédoniens. Seylan rappelait à Cairneth certaines de leurs coutumes ancestrales à travers des anecdotes plaisantes. Scaro était toujours chez Medicus et des bruits couraient sur lui, sur son état qui l'éloignerait peut-être définitivement de l'arène et des combats. Cyprus l'avait visité le premier jour afin d'en savoir davantage, mais Scaro restait inconscient sous les effets des breuvages de Medicus. Commidus leur avait demandé de ne plus déranger le médecin dans sa tâche. Azes, Cyprus, Syllus, Cairneth et Seylan espéraient que les rumeurs au sujet de Scaro ne soient que mensonges et tromperies. Si Scaro ne pouvait plus se battre en tant que gladiateur, alors il serait appelé à servir la famille Valerius en dehors de l'arène, tel un esclave de maison jusqu'à la fin de son contrat. Aucun gladiateur, esclave ou libre, ne souhaitait terminer sa carrière de cette façon, réduit au rang de simples gens. Leur honneur se gravait sur le sable de l'arène, leur gloire sur la pointe de leur glaive. S'il devait y avoir une fin, ils préféraient la trouver au combat ou acquérir leur liberté.

Seylan n'était pas seulement préoccupé par l'état de son ami, mais par la nouvelle qui s'était répandue dans les quartiers. L'Empereur avait annoncé sa succession, avait nommé Trajan. Celui-ci et sa fille atteindraient le plus haut niveau, le sommet du monde pendant qu'il aurait à tuer pour espérer sa liberté. Après ces deux jours de silence, il en venait à douter, à force de réflexions, d'hypothèses, de raisonnements logiques. Hadrien accéderait aux plus hautes sphères, au toit du monde que représentait l'Empire Romain. Seylan perdait espoir au fil de ses songes. La richesse, la fortune, la gloire et le pouvoir pouvaient changer les hommes. Ils pervertissaient leurs esprits, leurs valeurs, corrompaient leurs principes et leurs espérances d'antan. Qu'ils soient Romains, Germains, Grecs ou Calédoniens, leur sang restait rouge lorsqu'il était versé. Les Dieux, quels qu'ils soient, les avaient dotés de faiblesses, de défaillances afin de mériter une place auprès d'eux, dans l'autre vie.

Accroupi contre la paroi de pierre de sa cellule, Seylan passa ses mains dans ses cheveux, les coudes sur ses genoux. Ses phalanges saignaient après les coups donnés contre le mur. Il avait eu besoin d'évacuer sa frustration, de punir ce qu'il estimait être des défaillances sentimentales. Ce châtiment n'avait eu aucun effet, son cœur battait toujours pour Hadrien, son être vibrait en sa présence et cessait de le faire loin de lui. Cairneth l'avait prévenu : la passion était éphémère lorsqu'elle n'était pas partagée. Seylan ne voulait croire en ces mots. Pourtant, son dernier regard sur Hadrien remontait à la soirée que celui-ci avait passée au bras de Clodia. Son dernier sourire avait été pour elle et non pour lui. Il entendit frapper à sa porte et releva ses yeux sur l'ouverture rectangulaire à travers laquelle il vit Luria. Il se leva pour approcher.

— Hadrien demande à te voir, Déimos, fit Luria à voix basse.

Seylan fronça les sourcils sur cette annonce. La nuit était bien entamée, la lune installée dans sa pénombre au-dessus de leurs têtes. Pourquoi Hadrien voulait-il le voir aussi tard ? Il ne savait s'il devait se sentir soulagé. Il ouvrit et sortit pour suivre Luria dans le couloir jusqu'à la grille qui séparait les quartiers des gladiateurs du reste de la villa. Il grimpa les marches menant à l'étage et fut accompagné jusqu'à la chambre d'Hadrien. Quand Seylan posa ses yeux sur le fils du Consul debout sur sa terrasse, il se rappela bien vite les raisons de son attachement à lui. À la lueur de la lune, Hadrien était divin, un ange tombé du ciel dans sa toge blanche qui volait au gré de la brise nocturne. Luria quitta la pièce, mais Seylan ne bougea pas. Ces derniers jours avaient souffert tant d'annonces que Seylan redoutait maintenant d'en affronter une nouvelle. Son attirance à l'égard d'Hadrien lui murmurait d'approcher, mais son naturel fier exigeait qu'il reste à sa place.

Hadrien prit quelques secondes en regardant Seylan, en imprimant son visage dans son esprit. Il s'approcha alors d'un pas lent, le regard brillant d'émotion. Ces derniers jours loin de son Celte avaient duré une éternité. Il ramena ses mains sur ses joues et l'embrassa dans un profond baiser, appuyé et libérateur. Il se recula malgré lui puisque son temps était compté. Le garde reviendrait de sa pause nocturne dans quelques minutes et en aucun cas il ne devait voir Seylan à l'intérieur de la villa. Il expliqua :

— Je veux qu'on parte, toi et moi… Demain… Dans la nuit…

Sa voix révélait des émotions mêlées d'excitation, d'anxiété et d'impatience. Avant de laisser Seylan parler, il ajouta :

— J'ai surpris une discussion entre mon père et Trajan. Dans deux jours il m'enverra à Rome, je serai forcé d'épouser Clodia et de la suivre jusqu'en Germania.

Seylan fronça les sourcils sur ces explications. Dans un sens, il avait eu raison d'écouter son instinct, de se préparer à de nouvelles annonces. Le baiser d'Hadrien l'avait rassuré, mais ses mots le troublaient à présent. Le fils du Consul semblait si résolu dans ses projets et il craignait qu'ils ne soient trop précipités, trop hâtifs. Bien sûr, son vœu le plus cher était de vivre aux côtés d'Hadrien, mais leurs statuts, en tout point opposés, ne laissaient aucune place à l'imprudence. Son père lui avait enseigné la réflexion avant la décision, l'anticipation avant l'action. Fuir… il y avait songé à plusieurs reprises, mais des circonstances l'en avaient empêché.

— Sais-tu ce que nous risquons si nous fuyons ? Quitterais-tu les tiens pour moi ?

Hadrien mesurait-il les implications d'une telle décision ? Seylan ne voulait pas que le fils du Consul regrette sa fuite dans les prochains jours. Seylan savait qu'il était question de confiance. Avait-il confiance en Hadrien ? Le suivrait-il dans sa fuite au risque de le voir changer d'avis et d'être livré aux pires supplices pour avoir enlevé le fils d'un Consul, futur gendre du prochain Empereur ? Il avala avec difficulté sur ses pensées, mais reprit malgré lui :

— La richesse et la gloire t'attendent, Hadrien. Le général est un homme bon et sa fille une belle femme, tu me l'as dit. Tu partiras en Germania, mais tu seras bientôt l'époux de la fille de l'Empereur. Tu regagneras Rome avec elle, avec tous les honneurs. Es-tu certain de savoir où est ma place auprès de toi ?

Hadrien ramena sa paume sur la joue de Seylan et la caressa de son pouce. Il voyait autant de doutes que de craintes dans son regard, mesurait la folie de sa décision autant que la légitimité de cette question.

— Ta place n'est pas enfermé dans cette prison et la mienne n'est pas à Rome ni auprès de la fille de l'Empereur. C'est toi que j'aime, fit-il d'une voix plus basse et émue.

Ces derniers mots eurent raison des doutes de Seylan. Ses yeux se mirent à briller devant les sentiments qu'Hadrien venait de lui confier. Son cœur s'affolait à présent, devenait fou, tout comme il l'était certainement pour nourrir cette passion enfiévrée à l'égard du fils du Consul. Sa main imita la sienne et se glissa sur sa joue avant de l'embrasser dans un baiser appuyé et profond à la fois. Par ce contact, il répondait aux paroles d'Hadrien, mais aussi à sa décision de fuir. Il ôta ses lèvres des siennes et reposa son front contre le sien sans se reculer.

— La mort serait plus douce que de te savoir loin de moi, murmura-t-il.

Il releva ses yeux dans le vert émeraude de ceux d'Hadrien et ajouta :

— Dis-moi ce que je dois faire et je le ferai.

Hadrien sentait sa peur grandir, il l'entendait murmurer à sa raison qu'il devait revenir sur sa folle décision. Ce qu'il s'apprêtait à faire relevait de la haute trahison envers son père, mais aussi envers l'Empire. Il ne reculerait pas, quitte à mourir lui aussi. Il glissa dans la main de Seylan une clef et expliqua :

— Demain soir, quand la lune aura disparu derrière les remparts du ludus, Luria viendra te chercher. Libre à toi de prévenir tes amis de fuir de leur côté, mais ne préviens pas les gladiateurs en qui tu n'as pas confiance. Je t'attendrai avec deux chevaux devant la route qui mène à Carnicum. J'aurai préparé de l'eau, des vivres et aurai pris de quoi payer notre voyage.

Il sourit, son regard brillant, ému par tous ces projets et termina :

— Et nous nous mettrons en route vers ton pays.

Seylan constatait qu'Hadrien avait déjà préparé ses plans de fuite. Il l'avait écouté avec attention, le voyait enthousiaste, tel un jeune garçon pressé de découvrir le monde. Ce qui le touchait davantage était d'entendre ces derniers mots au sujet de son pays, de la Calédonie. Bien sûr, s'il devait fuir, il partirait en direction des contrées du Nord, là où son peuple repoussait encore les légions romaines. Il sourit, charmé et conquis par l'expression d'Hadrien et l'embrassa avec plus de tendresse.

— En attendant demain soir, fais attention à toi, dit-il d'une voix basse.

— Toi aussi, fit Hadrien.

Il vit Seylan se reculer, se faire escorter par Luria à travers l'atrium et disparaître dans les escaliers. Hadrien lâcha un inaudible soupir mêlé de ravissement, mais aussi de crainte. Il savait ce qu'il en serait quand l'alerte serait donnée le lendemain. Des soldats seraient réquisitionnés par le Général Trajan et tout Aquilée serait fouillée pour les retrouver. Pour cette raison, Hadrien avait jugé nécessaire de partir en pleine nuit. Ainsi, Seylan et lui auraient des heures d'avance sur les soldats. Il s'assit sur son lit, s'allongea, le regard tourné vers la lune qui disparaissait derrière les hauts murs du ludus. Demain, à la même heure, Seylan et lui seraient libres.

* * *

Le lendemain, le Consul Sarrius Valerius annonça à son fils sa décision concernant son retour à Rome et son mariage avec la fille du général Trajan. Hadrien simula sa surprise, sa satisfaction et prépara les caisses qui le suivraient dans sa nouvelle vie à Rome. Des caisses remplies de vêtements, de bijoux qu'il ne reverrait jamais où il irait. Ses doutes persistaient cependant. Non pas sur sa décision de fuir avec Seylan, mais sur ce qu'il infligerait à ses parents une fois parti. Son père et sa mère venaient d'enterrer leur fils aîné et leur dernier enfant disparaîtrait. Hadrien n'avait eu de cesse de réfléchir. Devait-il leur laisser une lettre ? Devait-il expliquer les raisons de ses choix ? Qu'en serait-il s'il avouait s'échapper d'Aquilée avec un esclave ? Tous les soldats de l'Empire rechercheraient Seylan et le tueraient. Non, il ne dirait rien à personne et la fortune laissée à Luria pour acheter son silence le mettrait à l'abri de toute trahison. Aussi, sa décision de laisser une clef à Seylan pour qu'il s'évade avec d'autres gladiateurs avait été mûrement réfléchie. La révolte de quelques esclaves ayant fui le ludus paraîtrait moins douteuse. Nombre de tentatives avaient déjà eu lieu dans d'autres ludi et celui des Valerius ne dérogeait pas aux règles. À la différence que cette révolte était préméditée par Hadrien et que les gladiateurs parviendraient à fuir sans périr sous les glaives des soldats. Un gladiateur sans arme était un gladiateur mort, lui répétait son père. Pour cette raison, Hadrien avait demandé à Luria de descendre des glaives dans les quartiers de Seylan. Son Celte serait seul juge de leur distribution quand l'heure serait venue.

Mais il était encore tôt sur Aquilée. Le soleil s'était couché derrière les villas et Hadrien avait dîné avec sa mère et son père en songeant que plus jamais il ne les reverrait. Désormais, il était seul dans sa chambre, s'impatientait d'être loin même si son cœur se serrait à l'idée de ne plus revoir ses proches. Un sacrifice pour un sentiment noble, se disait-il.

— Vous me semblez loin et absent…

Hadrien sursauta en entendant la voix de Clodia qui venait d'entrer d'un pas lent et silencieux.

— Je pense à Arius, fit-il, seule excuse qui lui venait depuis l'enterrement de son frère.

Clodia se posta près de lui, son regard sur la lune qui serait bientôt pleine. Le ciel était dégagé en cette soirée et une brise fraîche adoucissait les températures élevées de la journée.

— Mon père me répète souvent que nous ne devons pas penser aux défunts une fois ceux-ci enterrés.

— Voilà un conseil étrange, fit Hadrien.

Clodia sourit, charmée par la spontanéité du fils du Consul.

— Je suis d'accord avec vous. Et après quelques années, j'ai compris ce qu'il voulait me dire : nul homme ou femme ne peut profiter de sa vie présente s'il se tourne vers le passé.

Hadrien était loin de songer à Arius, mais il répondit :

— Je tâcherai de m'en souvenir.

— Moi aussi, plaisanta-t-elle.

Elle se permit de poser un baiser sur la joue d'Hadrien et se recula.

— Je vous souhaite une bonne nuit. Reposez-vous, nous prenons la route demain et le chemin est long jusqu'à Rome.

Hadrien força un léger sourire et la vit sortir de sa chambre sans un mot de plus. Cette proximité qu'il venait d'avoir avec sa future épouse était la dernière, du moins, il l'espérait. Son regard repartit vers les quartiers des gladiateurs et il pensa à Seylan qui devait préparer sa sortie...

* * *

Dans les quartiers des gladiateurs, Azes, Cyprus, Syllus, Cairneth et Scaro, qui s'était réveillé après avoir été soigné, regardaient Déimos en silence. Installés en cercle près du muret entre la cantine et la cour, des coupes d'eau dans les mains, chacun mesurait les explications de Seylan. Celui-ci venait de leur faire part de son projet personnel. Les seuls gladiateurs en qui il avait confiance et qu'il acceptait étaient ceux qui l'entouraient en cet instant. Il but une gorgée et reporta son regard sur eux pour poursuivre à voix basse :

— Rien ne vous oblige à me rejoindre. Je sais dans quelle direction je vais aller et pour quelle raison.

— C'est de la folie, fit Azes, surpris, mais intrigué. Sais-tu ce qu'il t'en coûtera si tu te fais prendre avec le fils du Consul ?

— Je le sais, fit Seylan, déterminé.

— Même si ton offre est tentante, Déimos, je resterai ici, répondit Cyprus. Je tiens à l'argent que j'ai gagné et j'obtiendrai ma liberté dans l'arène.

Scaro demeura silencieux tandis qu'il dessinait des traits dans le sable de la cour. Il ne pouvait plus combattre, ne pourrait plus se présenter dans l'arène. Medicus en avait informé Commidus qui l'avait rapporté à Sarrius et ce dernier préférait épargner un de ses gladiateurs plutôt que de le voir souffrir dans l'arène. Il avait apprécié Seylan dès le premier jour et le savait loyal. Pour cette raison, il leur avait confié ses projets à tous afin de ne pas les trahir. Il aurait voulu quitter ce ludus maintenant qu'il ne pouvait plus être gladiateur, mais sa famille l'attendait et lui n'était pas un esclave, mais un homme engagé volontaire.

— Je ne pourrais mettre ma famille en danger, fit-il à Seylan. En d'autres circonstances, je t'aurais suivi sans hésiter.

Seylan comprenait les mots de Scaro et acquiesça à son

explication. Sa famille comptait à ses yeux et il respectait cette valeur. Il tourna son regard sur Cairneth qui n'avait rien dit, qui avait simplement écouté. Tous le fixaient, dans l'attente d'une réponse, suspendus à ses lèvres. Cairneth but une gorgée d'eau dans sa coupe et les regarda à tour de rôle avant de s'arrêter sur Seylan.

— Je suis Celte, Calédonien et esclave des Romains, expliqua-t-il avant d'esquisser un léger sourire. Je veux revoir mon pays, mes terres et m'assurer que tu es bien le fils de notre chef.

Il se mit à rire légèrement sur ces derniers mots et détourna le regard un instant en reprenant son sérieux. Il laissa quelques secondes s'écouler, conscient des risques qu'il prendrait. Il releva ses yeux sur Seylan et termina :

— Je te suivrai. Quoiqu'il m'en coûte.

Seylan esquissa un léger sourire, touché par la confiance que Cairneth lui accordait en acceptant son offre qui était celle d'Hadrien. Il acquiesça d'un petit signe de tête, ravi de savoir Cairneth à ses côtés.

— Cette soirée est la dernière, n'est-ce pas ? demanda Scaro.

Seylan acquiesça d'un signe de tête, troublé par la signification de ces paroles. En effet, cette soirée était la dernière où tous étaient réunis. Les personnes présentes, au-delà des guerriers qu'ils incarnaient, valaient plus que beaucoup d'hommes que Seylan avait connus. Scaro avait eu raison : les liens entre gladiateurs étaient souvent plus forts que les liens du sang ou du peuple. Cyprus posa sa main sur son bras et reprit :

— Puissent vos Dieux vous accompagner jusqu'à vos terres.

— Et si les nôtres le veulent, nous nous reverrons sûrement, poursuivit Azes.

— Vous me manquerez, confia Syllus.

Le silence revint entre eux, lourd de sens, plus pesant que tous les autres. Scaro le brisa finalement :

— Et qui sait… Une fois libre, je pourrais vouloir goûter au grand froid des terres du Nord.

Il lança un regard complice à Seylan et Cairneth et leur envoya un sourire contenu, moins jovial qu'il ne l'était habituellement.

— Nous nous reverrons dans cette vie ou dans l'autre, répondit Seylan.

— Prions pour que ce soit dans celle-ci, lança Cairneth pour alléger l'atmosphère. Je n'ai pas l'intention de mourir avant d'avoir rejoint les nôtres.

Tous rirent un peu sur cette dernière remarque digne d'un champion d'Aquilée. Ils continuèrent de boire, de jouer aux dés, de plaisanter, mais l'ambiance était lourde et les regards se croisaient, profitant de la présence de chacun.

* * *

Le silence qui régnait était effrayant. L'air chargé d'humidité annonçait l'approche d'un orage. Seule une brise légère et fraîche venue des montagnes au nord soufflait à travers les chênes bordant l'intersection des routes.

Hadrien s'y trouvait seul. Une capuche abaissée sur sa tête, il avait pris le risque démesuré de partir, de quitter le ludus malgré le danger régnant dans les rues et aux abords des routes à une heure aussi tardive. Pour seul bagage, il avait un sac dans lequel étaient rangées une couverture et toutes les pièces d'or et bijoux qu'il avait pu récupérer. Afin de sortir et de rester discret, il avait demandé à Luria de distraire l'unique garde à l'entrée. Une fois les remparts de la ville atteints, un homme était venu avec les deux montures prévues. Hadrien l'avait remercié d'une bourse importante et ce dernier était parti sans poser de question.

Les secondes semblaient maintenant durer des heures tant l'attente était insoutenable. Hadrien redoutait le pire. Seylan était-il parvenu à sortir ? Quel autre gladiateur avait profité de son évasion pour s'échapper ? Il mesurait les risques pris autant par Seylan que par lui-même, était conscient qu'ils seraient tous les deux châtiés si son père ou le général avaient vent de leurs projets. Pourtant, leur liberté respective était proche et Hadrien pouvait en sentir les parfums excitants.

* * *

Dans la pénombre, deux silhouettes se dessinèrent sur la route. Seylan et Cairneth avaient quitté le ludus sans trop de difficulté puisqu'Hadrien avait bien planifié leur sortie. Armés d'un glaive chacun, ils avaient pris soin de ne faire aucun bruit. Syllus avait distrait le garde devant la porte et Cyprus avait simulé une dispute avec lui afin de faire diversion. Une dernière fois, leurs amis avaient tenu à les aider avant de devoir leur dire adieu. Ils avaient couru à perdre haleine jusqu'au point de rendez-vous fixé par le fils du Consul.

— Et s'il n'y est pas ? demanda Cairneth.

— Il y sera ! répéta Seylan pour la deuxième fois.

Après quelques mètres, ils entendirent un hennissement et aperçurent deux formes. Ils accélérèrent le pas, tout de même sur leurs gardes, et furent soulagés de reconnaître Hadrien qui attendait près des chevaux. Une fois à sa hauteur, Seylan reposa ses yeux sur lui, rassuré et excité de constater que le fils du Consul avait tenu parole.

— Nous devons nous presser, fit Seylan à Hadrien avant de jeter un œil en arrière.

Il reporta son regard sur Cairneth et reprit :

— Prends le second cheval.

Il riva ses yeux sur Hadrien qu'il aurait voulu détailler, embrasser et serrer dans ses bras en cet instant. Il accrocha son glaive à travers les attaches de la selle.

— Tu vas devoir monter derrière moi.

Sans attendre, Seylan s'agrippa aux rênes et grimpa sur le dos de l'animal. Il tendit le bras vers Hadrien et le hissa derrière lui.

Hadrien était rassuré de l'arrivée de Seylan, peu étonné de voir Cairneth avec lui. Tous les deux venaient du même pays et Hadrien s'était attendu à le voir se joindre à leur long voyage. Il s'empressa d'enlacer ses bras autour de Seylan et le cheval partit au galop, Cairneth devant eux.

L'heure n'était pas aux discussions pour savoir comment s'était déroulée leur sortie. Ils devaient partir, s'éloigner d'Aquilée. Hadrien prenait conscience qu'il ne reverrait plus sa famille, ses amis, mais tel était son choix pour épargner et préserver les sentiments qu'il nourrissait envers Seylan. Dans quelques heures, le soleil se lèverait, tous les soldats se mettraient à leur poursuite, mais Seylan et lui seraient loin. Dès cet instant, en fuite, il n'y avait d'ores et déjà plus d'esclave ni de maître, plus d'obligation ni de châtiment. Seylan était libre autant qu'Hadrien qui s'offrait sa propre liberté en s'éloignant de sa famille et de son peuple.

Fin

Autres romans M/M adaptés par David Cooper

Escort Boy : Colin Queen, Maire de Northfolk, une ville paisible du Maine décide de pimenter sa vie d'homme d'affaires et s'offre les services particuliers d'Oliver Nollan, un Escort réputé pour ses nombreux talents. Habitué à la retenue et aux bonnes manières d'un milieu aisé, Colin se retrouve emporté par la fougue et le brin de folie de son nouvel ami...

Mon ami, mon amant, mon amour : Evan Monroe est agent fédéral au Bureau d'Analyse Comportementale de Quantico. Son ami et collègue, Corey James, surnommé CJ, se tourne vers lui et décide de quitter sa compagne. Evan accepte de l'accueillir chez lui avec son fils Hugo. Mais CJ va doucement comprendre que leur relation amicale et si particulière va devenir de plus en plus ambiguë.

Au-delà : Oliver Nollan, 23 ans, part en Amérique du sud pour surfer le versant nord de l'Aconcagua avec plusieurs de ses amis. Les vacances prennent fin et il se retrouve à bord du vol 571 en direction de Los Angeles. Ce qu'il ignore, c'est que dans les prochaines minutes qui suivront le décollage, le pilote va perdre le contrôle de l'appareil en survolant la Cordillère des Andes. Lui et huit autres passagers survivront au crash à plus de six mille mètres d'altitude, espérant l'arrivée des secours qui ne viendront jamais. Ils réaliseront qu'ils ne pourront compter que sur eux-mêmes pour sortir vivant de ce piège de glace.

DAVID COOPER

Plus de romans gays publiés sur

http://www.steditions.com

DAVID COOPER

Achevé d'éditer en juin 2014 au Québec

Dépôt légal 1re publication : septembre 2014

Printed in Great Britain
by Amazon

23325687R00136